爱美丽和失去灵魂的船

〔英〕丽兹·凯斯勒 (Liz Kessler) 著

乃瑞华 译

清华大学出版社

北京

北京市版权局著作权合同登记号　图字：01-2017-7963

Liz Kessler
Emily Windsnap and the Ship of Lost Souls
ISBN:978-14440-1377-1
Copyright©2012 by Liz Kessler
This edition arranged with ORION CHILDREN'S BOOKS LTD (Hachette Children's Group
Hodder & Stoughton Limited) through BIG APPLE AGENCY, LABUAN, MALAYSIA.
Simplified Chinese edition copyright: 2020 Tsinghua University Press Limited. All rights
reserved.

图书在版编目(CIP)数据

　　爱美丽和失去灵魂的船/（英）丽兹·凯斯勒（Liz Kessler）著；乃瑞华译. —北京：
清华大学出版社，2021.2
　　书名原文：Emily Windsnap and the Ship of Lost Souls
　　ISBN 978-7-302-56776-9

　　Ⅰ.①爱… Ⅱ.①丽… ②乃… Ⅲ.①儿童小说－长篇小说－英国－现代
Ⅳ.①I561.84

　　中国版本图书馆 CIP 数据核字（2020）第 218037 号

责任编辑：张立红
封面设计：梁　洁　周东辉　吴东颖
版式设计：方加青
责任校对：郭熙凤
责任印制：沈　露

出版发行：清华大学出版社
　　　　　网　　　址：http://www.tup.com.cn，http://www.wqbook.com
　　　　　地　　　址：北京清华大学学研大厦 A 座　　邮　　编：100084
　　　　　社 总 机：010-62770175　　　　　　　　邮　　购：010-62786544
　　　　　投稿与读者服务：010-62776969，c-service@tup.tsinghua.edu.cn
　　　　　质 量 反 馈：010-62772015，zhiliang@tup.tsinghua.edu.cn
印 装 者：北京嘉实印刷有限公司
经　　销：全国新华书店
开　　本：148mm×210mm　　　　　印　　张：7.875　字　数：159 千字
版　　次：2021 年 3 月第 1 版　　　印　　次：2021 年 3 月第 1 次印刷
定　　价：36.80 元

产品编号：073866-01

这本书献给我的朋友：一位了不起的艺术家，

他比大多数人更尊重和热爱海洋。

每个当下都转瞬即逝，
色彩千变万化，但海洋和陆地的
关系却是永恒不变的。

——露西·布雷（1974—2014）

在静谧的海面上看着她，

那艘船就像个精灵！

在变幻中前行，

好像她在空中漫步。

没有人知道她是从小溪还是海湾出航的，

也没有人知道是白天还是黑夜。

他们看着她像幻影一样

从海上消失。

——《幽灵船》

罗伯特·克劳福德（1868—1930）

书　评

这绝对是一次引人注目的亮相，如沐清新的海风，让人精神一振。

——阿曼达·克雷格

本书以耳目一新的风格，描绘了引人入胜的奇幻王国。

——《出版新闻》

作者把奇妙的人鱼描绘得栩栩如生，从人鱼美丽的尾巴，到闪闪发光、富有魔力的珊瑚礁，一切都显得既新奇，又真实。

——《学院图书馆期刊》

这是一本极好的儿童读物……女孩儿们绝对会爱上这本书……书中不只有刺激的冒险和奇思妙想，还贯穿着对家庭和友情的深思……

——《水磨石图书季刊》

这本书读起来轻松有趣又刺激……内容丰富，描写生动，在儿童读物中独树一帜，用文字构建了一个神秘而广阔的水世界。

——《收藏家》

目　录

第一章

新学期的海岛考察

八年级第二周的第一项作业——暑假见闻。

我咬着笔头苦思冥想，该怎样写才能让新班主任罗林斯老师认为我不是在编故事。

如果我写：我去了一个冰雪世界度假，在那里的魔法池找到了人类失去的记忆，把尼普顿那个邪恶的弟弟解冻后又变成了一座山，最后拯救了整个世界。结果很有可能就会被用潦草的红笔字批上：不及格！要写事实，不是小说。

所以我决定写篇"我的生日"。9月4日是我的13岁生日，刚好是我们返校的前一天。没错，我看起来挺小，但我在班上年龄最大，只是个头最小。也许这有点儿怪异，可是对于我这个人来说，这点儿怪异根本不值一提。过去的一年，很不寻常，我发现自己是条美人鱼，我把父亲从海底监狱救了出来，我差点儿被一只海怪杀死，还在海洋里经历了无数次冒险。哦！对了，我还交了个男朋友！

这一切意味着，当我的生日到来的时候，我已经做好了庆祝的准备。

我开始写有关我的生日聚会的事，边写边想：如果此刻我不是在布莱特港中学而是在西普罗克人鱼学校，我会做些什么呢？

自从搬到布莱特港，我和父母已经花了几个星期的时间讨论我的学业将如何继续。我是条半人鱼，做这样的决定比人类要棘手得多。

终于在新学期开始前，我们达成一致——周一至周四我去"正常"的学校上课（这是我妈妈的意思，因为我们家只有她是人类），而周五我在这所学校学不到什么东西，所以每周五和周六我要去人鱼学校（这是我爸爸的意思，他是人鱼，想让我去学赛伦的歌和大海的旋律）。西普罗克人鱼学校每周六早上也有课，所以我每周至少有两天是待在人鱼学校的。

虽然这并不是最佳方案，但我们三个对目前的这个决定还算满意。至少，妈妈和爸爸很高兴。我并不确定自己的心意，因为每当我在做功课的时候，比如说写暑期生活，我总是期盼和我的人鱼朋友肖娜一起学习海难和海警知识，回忆如何用钓鱼线制作蹦床，还有许许多多我在海洋中能够学到的知识。

　　问题是，当我在西普罗克人鱼学校上学时，大部分时间我会担心我不在布莱特港学校错过了什么。虽然曼迪·拉什顿——一个不打不相识的好朋友，总会给我讲讲我不在的时候发生的事情，可还是和我亲自体验的不太一样。看，爸爸说得没错，周五学不到什么有用的东西，可这天是大家最开心的一天。

　　无论如何，我始终还是错过了一些东西。唯一值得庆幸的是，我的男朋友亚伦也过着同样的生活，他也是条半人鱼。所以，一周中的每一天我们都面临着相同的处境。不过有他在，我会更好过些。

　　"好了，同学们，还有一分钟就要下课了，把这句话写完就要停笔了。"罗林斯老师一边提醒大家，一边整理着桌子上的文件。

　　铃声响了，在一阵椅子摩擦地板的吱吱喳喳声中，罗林斯老师喊道："把椅子摆放好，记得写家庭作业。对了，你们每个人都会有一封信，需要带回家交给父母。大家走的时候务必把信捎上。"

　　"这是什么信？"曼迪边收拾边嘟囔。信是密封的，所以无法知道内容。信封上只写着：布莱特港八年级学生家长亲启。在信封的背面，印着一行字：来自五湾岛的盛情邀请！

　　当我读到这些字时，内心欢呼雀跃，但又七上八下，仿佛有条鱼在我肚子里游来游去。

想到这座岛，我的心情五味杂陈。

一方面，岛屿顾名思义就是被大海包围着的。这地方棒极了，在这里就意味着，身为人鱼的我有很多机会到海洋中去探险。另一方面，我在岛上有过人生最糟糕的经历，我差点儿被一只海怪杀死。这可没那么有趣。

"五湾岛，听起来真酷。"曼迪大声读着信封上的字。

我把信塞进口袋里，平心而论，五湾岛听起来的确很吸引人。

之后，我完全忘记了那封信的事，直到回到家打开书包的时候才想起来。"噢！对了，爸爸、妈妈，这封信是给你们的。"我说着把信递给了妈妈。

妈妈接过我的信，伸手去拿她的眼镜，爸爸从甲板下探出头来。

我们住在一艘停泊在布莱特港的船上。这是一艘经过特别改装的、漂亮的旧船，很适合人类和人鱼共同居住。

"嘿，小东西，今天在学校过得怎么样？"爸爸问道。他拂去脸上湿漉漉的头发，朝我微笑。我脱下鞋和袜子，坐在地上的隔板门边，脚垂在水面上。只要不让脚趾触到水面，我的腿就不会变成鱼尾巴了。我们商量好在进水之前必须完成家庭作业。

我耸了耸肩，说："还好。"我说着朝妈妈点了点头，视线越过她坐的那张桌子，她正在读那封被拆开的信。"我们会考虑的。"妈妈说道。

爸爸抬起头问："信里写了什么？"

"爱美丽的班级被邀请这个月底去一座岛进行实地考察。"妈妈说。

我正忙着清理书包里的垃圾，我的心仿佛和那颗棕色的苹果核一起掉在桌子上了。只是一次实地考察，这简直是世界上最无聊的事情。

"他们要去观赏珍稀的鸟类，还有奇特的植物和非同寻常的地质结构哦！"妈妈看着我们继续说道，"听说要去一周呢。"

我的日记本砰的一声掉在桌子上。花费一周的时间去观赏花花鸟鸟和岩石，有没有搞错？

"听说还有船体残骸和海洋生物呢，学校还组织了玻璃船海底探险。"妈妈继续说道。船体残骸和海洋生物？听起来好像也不错，可是他们或许会遗忘海底探险。如果邀请函上写了船体残骸和海洋生物，我想潜到水底，近距离去看看它们！

"我觉得她应该去。"爸爸说道。

"我也觉得值得去。"妈妈说道。

"太好了！我也这么想。"我说。如果用我之前在岛上的经历做参考，谁知道呢，也许我会再一次卷入冒险！

那个晚上，亚伦和我一起游到彩虹礁去见肖娜和塞思。

塞思是肖娜的男朋友，尽管她还没有正式称呼他为男朋友，但我知道她已经把塞思当作男朋友了。他们初识于夏天，当时塞思帮助我们从尼普顿的邪恶的孪生兄弟手中成功救出尼普顿。为了答谢塞思，尼普顿让他做自己的顾问。塞思只有 14 岁，所以他是担任如此高位的最年轻的人鱼。这也意味着他不能时常和我们出去闲逛，因为他必须随时待命。幸运的是，他晚上休息，可以和我们出来玩。

此刻我与亚伦游过大海去见他们，我忘记了学校里发生的所有事情，也忘记了实地考察的事。我在水里游来游去，所有烦恼都烟消云散了。在布莱特港中学发生的一切事情都与此刻这种感受无法相比。我跟一群会发光的小蓝鱼比赛，在珊瑚和岩石中穿梭，拉着亚伦的手在温暖的水流中滑行。

到达彩虹礁时，肖娜朝着我们招手，兴奋地冲过来拥抱着我。塞思和亚伦用男孩子特有的方式打了招呼。

"我有个超棒的消息，都等不及要告诉你了！"肖娜尖叫道。

"是你的'仪态修养课'考试拿第一了吗？"我试探道。"仪态修养课"是肖娜最喜欢的科目，即坐在岩石上，顺滑地梳理头发，同时以完美的音高唱赛伦的歌。我不擅长这个。这感觉像是那个既要揉肚子又要拍脑袋的游戏，也是我不擅长的。

"嗯，是的，我确实做到了，"肖娜脸红了一下，"但我说的不是这件事儿。"

"那是沙克泰尔夫人不小心把她的裙子穿反了？"亚伦问。

沙克泰尔夫人是西普罗克学校的校长，自从她让亚伦和我在全校师生面前因为自己是半人鱼而难堪之后，她就成了我们讨厌的人。

塞思笑了。"比这件事还要有意思。"他说。

肖娜再也忍不住了："我告诉你吧，是实地考察！几周后我们要去研究沉船和海洋生物。"

"在五湾岛吗？"我问。

"是的！你怎么知道的？我问你能不能来，芬斯普勒老师说，他认为你不会去，因为你必须参加全日制……"

"我会去的！"我兴奋地说。

"我们都要去。"亚伦接着说。

肖娜盯着我们两个说："你们都去？怎么会呢？芬斯普勒老师说……"

"我们和布莱特港中学一起去。我猜是同一周！"我笑了笑说，"他们肯定同时给两所学校发邀请函了。"

肖娜笑着回过头来。"哇哦！"她跳得很高，尾巴从水里露出来说道："这会非常有趣。芬斯普勒老师说，这座岛周围有一个浅礁。有很多罕见的地质岩层，有独一无二的沉船和数百种鱼群。猜猜它为什么叫五湾岛？"

亚伦摸着脸颊，皱着眉头，好像在认真思考："嗯，我冒险瞎猜一下，是因为这座岛有五个海湾吗？"

"是的！"肖娜瞥了一眼亚伦，发现他在笑，就向他轻轻撩水，"好吧，看来这个问题太简单了。"

塞思腼腆地笑着说："听起来太飒了。"在我看来他不是那种通常会用肖娜最喜欢的词"飒"来形容有趣事物的男孩儿。既然这样，我想那意味着他肯定是她的男朋友。"希望我能和你们一起去。"塞思说道。

"你可以向尼普顿请几天假吗？"亚伦建议道。

"太酷了！"肖娜惊喜地说道。她激动地拍着手，弄了我一脸的海水。然后，她的脸像红鱼一样红起来，还装作毫不在意的样子。"如果这样最好了，你知道的。"她耸耸肩说道。

塞思笑着说："我当然想去。我会试一下看能不能请假。但你们也知道尼普顿的脾气。"

我确实知道尼普顿，也大概是他们当中最了解他的人了。他可不是你能随便糊弄的，也不会轻易对哪个人好。我经常给他惹麻烦，所以这一点我很清楚。

"我会试试看的。"塞思又说。然后，他抓住肖娜的手："和你们一起度过这一周肯定会很棒。"

肖娜的笑容变得和她身后的五颜六色的岩石一样灿烂。"来吧。"她说着游走了，大概是害怕塞思看到她的脸变得更红了。"我们去操场吧。前几天漂浮着一堆网，我准备开始做一个蹦床了。"她边游边说道。

我们跟着肖娜游过水面。我一边游，一边想即将到来的旅行。我期待着与朋友们一起度过这一周的时光，没有被冻住的人，没有海怪，没有监狱，也没有鲨鱼守卫，只是度过一个美妙的、正常的一周。也许会有一次小小的冒险，我不禁有点儿兴奋。

无论如何，我下定决心，我的五湾岛之旅要远离一切怪异、可怕的事情。

当然，这不是我能决定的。

第二章

古怪的海岛负责人

9月过得很快。我开始收拾行李。同学们早已约好周六上午到滨海步行大道会合，然后中午坐巴士开始漫长的旅途。我们要坐5个小时的巴士到海岸，再乘4个小时的渡船才能到五湾岛。如果运气好，我们可以在傍晚前抵达。

我把剩下的零碎的物品塞进背包，拉上了拉链。

"你把地理书和观鸟用的双筒望远镜带上了吗？别忘记了！"妈妈提醒我。

"我带了，妈妈。"

"还有我给你的图册，上面记录了所有的鱼类。记得带上！”爸爸又叮嘱我。

“带啦。”

妈妈张开双臂，说：“我会想你的，甜心。”然后，我上前抱住了她。

靠在房门上的爸爸向我走过来，在我脸颊上亲了一下，说：“我也会想你的，宝贝。”

我都 13 岁了还总被父母叫甜心、宝贝，虽然有些别扭，但我没空去想这些。这一周我都不能陪在他们身边，而且最近每当我离开父母时，都会被危险包围，比如遇上海怪、邪恶的冰人和古老的诅咒。我不想再想这些事情了。

我抓起行李下船，沿着木制栈桥朝码头走去。

“嘿，爱美丽！”有人在前面呼唤我。当我发现是曼迪后，我朝她挥了挥手叫道：“等等我！”

在去码头的路上，我看到了一群孩子在排队。布莱特港只有 12 个学生参加了这次旅行，也就是说不是所有人都选择去五湾岛探险。还有 12 个人会从西普罗克出发。此外每个学校都会派出一名随行老师。

我一下子兴奋了起来。上周我们还收到了一封信，里面正是此次旅行的日程安排。信是一个叫洛温娜·沃特斯的女人写的。刚看到这个名字，我还以为是开玩笑呢。恕我直言，她是一座岛屿的管理者，名字居然叫沃特斯（海水）？这就像一个数学老师的名字是乘法运算。玩笑归玩笑，她的名字可是真的。

洛温娜在信中提到，她和她的丈夫莱尔管理着这座小岛。除了他们，这座岛几乎没有人居住。由于小岛与世隔绝，人迹罕至，岛上各种各样的动物和鸟类都由他们亲自照料。他们每天的工作就是保护小岛的一草一木，保护那里的一切。

洛温娜说她会组织游戏和活动，她对西普罗克学校的校长保证，让我们尽情地玩耍，学到课堂之外的地理知识。肖娜给我看了她的信，信上说会有沉船游览和水下观光旅行，对我们来说，这一切都很新鲜。

这两封信中说他们非常骄傲能招待人类与人鱼学校的首次联合旅行。

我已经迫不及待了。

在小船驶向五湾岛的时候，地理老师普拉特在嘈杂声中喊道："现在，八年级的学生听着。"赶了一天的路，所有人都累坏了，但是当船靠近码头，听到船锚和金属的摩擦声，还有发动机换挡的咔嗒声，所有人都打起了精神。

我站在船头的甲板上，凝视着傍晚的朦胧暮色，渴望能瞥见小岛。

"到了小岛后，沃特斯夫妇会来迎接我们。希望大家能好好表现。他们为了让这一周的生活多姿多彩，付出了辛勤劳动，大家能做到对他们有礼貌吗？"普拉特老师嘱咐道。

我们都乖乖地回答："没问题，普拉特老师。"这情形就像我们刚才抢着站在船头最高的位置。我真想从船上跳下去游到岸边，但这可能会被认为没有好好表现，所以我只能站在一边眼巴巴地看着其他人。

终于，船靠岸了，船头的跳板一放下来，我们就迫不及待地踏上五湾岛。说它是港口有些夸张了，因为这个港口的码头只能容纳我们这艘小船。海滩上随处都是石子和被海浪冲上岸的海藻，海滩另一头的浮标上还绑着几艘划艇。这就是美丽的五个海湾之一吗？

普拉特老师小声咕哝着从包里掏出一个文件夹，开始找一张纸片，念道："大家都听着，沃特斯太太说过，她会来这里迎接我们。"

夜幕降临，大家望着阴暗的天空。这里空无一人，也没有人来过的痕迹，陪伴着我们的只有海滩和拍打着海湾的轻浪。我一个人走到海边。海浪涌来时，石子碰撞的声音丁零当啷；海浪退去时，又发出哗啦哗啦的声音。

在海湾的另一边，普拉特老师为了寻找信号，四处挥动手机，时不时看看沃特斯有没有打来电话。

"你觉得这是怎么回事？"我旁边的亚伦问道。

"不知道。也许他们把我们忘了吧。"我们默默地站在海边，沉浸在海浪演奏的旋律中。

这时，曼迪凑近我们悄悄地说："普拉特老师正在打电话。我觉得他们在赶来的路上。"

几分钟后，一个黑影飘过海滩。随着黑影越来越近，我认出这是一个高个子男人，身形瘦削，披散着一头卷发，满脸黑色胡茬。他的衬衣一半塞在裤子里，一半掉在外面，正急匆匆地赶来。

曼迪小声嘀咕："看到他对我们这么上心，我好感动呀。"

那个男人走向普拉特老师："很抱歉让大家久等了，怎么称呼您呢？"

"我是普拉特老师，"普拉特老师说着伸出一只胳膊，和他握手，"谢天谢地，你终于来了。"

"让你们久等了！"男人连忙说。他转身走向海滩，示意我们跟上："对了，我是莱尔。我的太太是，呃……我们很抱歉让大家久等了。大家跟我来。我带你们去旅馆休息。"

说实话，这个男人好像不在状态。他没有向我们介绍接下来一周的日程，也没有问我们的旅途是否愉快。他什么都没说，只是闷头走路，一言不发。我们就拖着行李跟着他穿过这片沙滩，然后爬上一个斜坡到达一片小树林，之后有好长一段路，我们都穿梭在伸手不见五指的树林中。

普拉特老师啰唆道："大家小心，这里很黑。后面的同学，跟紧一点儿。"

亚伦拉着我的手，一同前行。

我小声对自己说："别想太多。"

这条路穿过树林，通向一条脏兮兮的小道，旁边有两幢房子。一幢在小道左面，另一幢在右前方。"这条是小岛的主干道，"莱尔说，"那是你们的旅馆。"说着他指着我们左边的房子。我们走到门口，他从口袋里翻出一把钥匙，开门让我们进屋。

"你们吃东西了吗？"他问。

"吃过了，谢谢！"普拉特老师回答，"我们已经在船上吃过晚饭了。"

"好。"莱尔回答。他在墙上摸索着开了灯，站在走廊上开始介绍："洗手间就在那里。厨房一直走到头转个弯就是。休息室再往前走。"他说得很快："卧室都在楼上。男孩儿的房间在左边，女孩儿的房间在右边，老师的房间是最后一间。大家不要拘束。谁还有问题吗？"

我们呆呆地盯着他。就这样吗？这就是给我们的"欢迎仪式"吗？

普拉特老师愣了一下："呃……我们明天早上几点见呢？"

"明天见？"莱尔一脸疑惑。他的一只脚已经踏出门了。

"是的，稍等一下……"普拉特老师说着又翻起她的包，抽出一张纸来，"小岛介绍及官方情况介绍。"说完她把这张纸递给了莱尔。

一眨眼的工夫，莱尔的脸色温和了很多，露出淡淡的微笑。"洛温娜和她的搞笑标题，她总喜欢用头韵。"他说着，像是在自言自语，然后他把纸还给了普拉特老师。

"听我说，我很抱歉没有您期待中的欢迎仪式，"他说，"我们明早厘清一切，好吗？我 9 点钟来，我们在休息室集合，然后解决问题。您看行吗？"

"嗯，我看行。"普拉特老师赶紧回答。

"不说行还能说什么？"曼迪在我耳边悄悄说。

"好吧，那么，晚安。"莱尔话音未落，门就关上了，只剩下我们站在走廊里。

普拉特老师花了点儿时间恢复她正常的教师语气，好让自己振作起来："好啦，孩子们，我们开始收拾吧，把你们的东西搬到卧室，10 分钟后我们休息室见，喝点可可热牛奶。怎么样？"

听起来不错。可问题是，事情的进展不是很顺利。首先，床铺都是乱七八糟的。我们要花 15 分钟的时间，寻遍所有房间和衣柜，找到床单和羽绒被。

然后，半小时后，当我们铺好床，准备好来一杯可可热牛奶时，才发现这里没有可可，也没有牛奶。

普拉特老师边叹气，边把一缕松散的头发塞进马尾辫里。"我们今天就到此为止吧，"她说，"我相信好好睡一觉之后，一切都会好起来的。定好闹钟，孩子们。8 点 30 分，我希望看到所有人在这里吃早餐。"

早餐？没有牛奶的早餐吗？

"我相信明天早上他们会给我们准备好的。"她快速说道。

我们走进房间，互道了晚安。

"做个好梦。"我们在走廊分别时，亚伦小声说。我想吻他一下，可是周围都是人，他们只会取笑我们，所以我微笑了一下回应他："晚安，好梦。"

5分钟后，我很快进入了梦乡。这真是漫长的一天。

第二天早上莱尔似乎回过神来了。正如他说的那样，他9点钟就出现了，而且设法为我们找来了一些牛奶和面包。没有黄油，但我们有果酱和马麦酱，还有玉米片可以分享。我们吃完早餐，他便开始讲话。

"我希望你们昨晚都睡得安稳。"他说，"首先，请允许我再次为昨晚相当混乱的欢迎仪式道歉。那不是我们平时接待来宾的样子。事情是这样的，嗯……"他顿了顿，目光躲开我们，然后摇了摇头说："你们知道，是我太太组织了这次旅行，可是遗憾的是，她，呃……她不得不先离开了。"

"洛温娜不在这儿吗？"普拉特老师打断道。

"嗯……是的，她对此十分抱歉。不过……"

"但是这个活动是她组织的！"

莱尔皱着眉头回答道："是的，我知道。"

"她说过她会亲自接待我们，会带我们参观，教我们做游戏，并且把两个班组织在一起。"说完，普拉特老师又开始在包里翻了起来。

"不，用不着这个，"莱尔冲那张纸摆手，好像在赶黄蜂，"我知道这和你们所期待的有些出入，但十分抱歉，我也不想这样。"说着他的目光暗淡起来，声音也变得有些尖利。这里到底发生了什么？洛温娜究竟怎么了？

普拉特老师把文件放回了包里，坐得笔直。她轻轻地说："好吧，那么我的孩子们今天有什么活动？洛温娜说过早上会有一个环岛旅行，紧接着是寻宝比赛。"

"是的，是这样，我会处理好的。"莱尔说。

"别忘了奖品。"普拉特老师连忙补充道。

"不用担心，我会把奖品准备好的。"

普拉特老师叹了口气，把一缕散落的头发塞进马尾辫扎紧了些，说："好吧，如果这样的话应该还不错。"

我囫囵地咽下嘴里的面包，把手举了起来。

"怎么了，爱美丽？"

"你知道西普罗克学校的学生什么时候来吗？"我问道。沙克泰尔夫人是绝对不允许他们错过周六的课程的，所以他们今天肯定会来。肖娜说过他们会乘船渡过大部分的路程，快到岸的时候游泳过来。我想在他们抵达的时候去海边迎接他们。

"他们应该会在傍晚前后抵达。"莱尔回答，"昨晚我回去之后，认真阅读了一下大部分的旅行计划书，希望剩下的行程能够按部就班地进行。"他笑了笑，嘴角微微上扬。虽然笑起来很温和，但似乎并不开心，我从他的眼神里看不见一丝喜悦。

"你会带我们了解这座岛，并给出官方介绍吧？"普拉特老师问道。

莱尔点头说："当然会的。"

"好的，那孩子们先去准备一下，我们 15 分钟以后在这儿见面。"

我刷完牙，草草地梳了头，把鞋子随便一穿，抓起大衣就急忙跑下楼。我已经迫不及待地想要开始接下来的旅程了。

但是如果这座岛像莱尔一样神秘又古怪，不用想，这次实地考察也不会好到哪里去。

第三章

只有四个海湾的五湾岛

"八年级的学生，大家安静一下看这边。"我们围成一圈听普拉特老师讲解，"请大家两人一组，把记录板和铅笔拿出来。我把任务清单发给大家，就是莱尔刚才发的这些，每组一张。"

我瞥了一眼曼迪。

"没事的，你和亚伦搭档吧。"她说，"我和朱莉一起。"

亚伦笑着，拿着记录板就来找我了。

普拉特老师神秘地看了看她的包。"我给大家带了一些好东西。"说着，她倒出了一些卷起来的红色袋子，"既然大家来到了这里，我相信大家一定想去划船。如果你需要的话，请把文件和贵重物品放进这个防水袋里，以免受潮或毁坏。"

我从普拉特老师那里领了一个防水袋并把它塞进了我夹克的口袋里。

"现在，大家检查一下东西都带齐了没有。接下来我们请莱尔给大家做详细讲解。"

普拉特老师走到一边，莱尔清了清嗓子。"大家好，你们都知道，以往都是我妻子做这些事情，可能我不是很熟悉，所以请大家谅解。"说着，他从那一沓纸中拿出了一张，"每组都有一张这样的任务清单，大家可以看见任务清单上列出了很多问题。"

这张任务清单标题写着"岛屿简介——寻宝比赛"。标题下面是一些带有序号的问题，每个题目下面还有很大的空白让我们填写答案。

"翻过来，背面是这座岛的地图。"

我把任务清单翻过来，仔细研究起这幅地图来。地图只是简单地画出了这座岛的轮廓，用一些零散的线标出了路，用弯弯曲曲的线勾勒出山的形状，还有一些树和房子的照片，以及用潦草的字在地图上标注了海湾的名字。

"这幅地图大致描绘了这座岛的主要布局。"莱尔解释道，"在边上你会看见一个方向标，上北下南。这些线条代表着主要的路，它对你们至关重要。如果线条没有出现在地图上，或者是打上了点或有间断，那就是这条路走不通。所以大家务必要谨慎地选择路线。"

我对这幅地图有了更多的了解。岛的南边有一个海湾，那是我们抵达的地方，地图上标注着"港口湾"。地图上还有一条线，从沙滩一直往里，穿过树林最后连接到一条更粗的线，就是我们昨天晚上走的那条路，那儿有一处庭院。还有很多的线连接着"桑迪湾""深蓝湾""卵石湾"。这就是这幅地图上仅有的标志。

我举起手。

普拉特老师注意到了我："怎么了，爱美丽？"

"为什么这座海岛只有四个海湾，但你们叫它五湾岛？"

普拉特老师看向莱尔。莱尔盯着她，一言不发。我猜他一定是觉得，管理一座有着明显命名错误的岛屿有些愚蠢。"这里是有五个海湾。"最后他说道，"但是只有四个是可供参观的。通往第五个海湾的路十分危险，所以禁止大家前往。还有什么问题吗？"

没人再问其他问题了。

"好的，这个问题问得很棒。"普拉特老师转向莱尔，"通过激发孩子们发现问题来引导他们认识这座岛也是一个不错的方法。如果没有其他的问题，我们就出发吧！"

莱尔拦住我们说："等等，还有一件事。请大家记住这里的潮汐变化很大。未来的几个小时里潮位很低，会露出最大面积的海滩，所有的路都是可以通行的。但稍晚一些，大家走在海边时，一定要注意涨潮时逐渐升高的水位。那时候大部分的海湾都会消失，只有桑迪湾和几个海滩还可以看见。"

普拉特老师看向莱尔，等他说完。"很好。"她笑着说，接着她低头看了看表："我们两小时之后在这里见面怎么样？"

"那赢了之后会有什么奖品？"一个叫艾德里安的男孩儿问道，"你说过会有奖品的。"

普拉特老师又看向莱尔。

"我……"他语塞了，"对不起，我忘记了。"

普拉特老师皱着眉头发出了啧啧的声音："既然如此，那这样吧，第一组回来并且问题都回答正确的两名同学可以不用洗餐具。"

"我们还要洗餐具？"艾德里安不禁抱怨道。

普拉特老师扫了大家一眼，"难道你看到这里还有其他服务人员吗？"她问道，言语中带着那种特殊的、老师独有的严厉。

"获胜者，也不用做饭。"莱尔补充道。

"什么？"艾德里安再次抱怨道。毋庸置疑，我觉得大多数同学在这件事上是和他站在一边的。

普拉特老师轻轻地指了指她的手表："你们最好现在就出发，如果你们不喜欢做饭和洗碗，那就早点儿回来！"

同学们鱼贯而出，边走边看手中的任务清单。他们都朝着树林的方向走去，就是我们昨天晚上走过的那条路。

我们紧跟着其他的同学，我读了第一个问题："去港口湾，看看那儿都漂着什么，还有那条船是什么颜色？"

"是在棚子边上的那条小划艇吗？我们昨天游到水边时路过它了！"亚伦说，"蓝色的，相信我没问题！"

我笑着说："我刚想说呢，我确定它就是蓝色的。"

"那时候天太黑了"，亚伦接着说，"所以你是想和其他人一起走去海边探个究竟还是相信自己的答案，然后我们接着去寻找下一个答案？"

我知道亚伦有好胜心，我俩在海里比赛游泳和比赛下棋时我已经看出来了，那是我们之间的较量。但现在是我们和其他人之间的竞争，我们俩都很想赢。我希望我们能成为最佳搭档，于是我同意了："就填蓝色，我们继续寻找下一个答案。"

当其他同学都消失在树林里时，亚伦越过我的肩膀看了看任务清单，读出了第二个问题："桑迪湾环境舒适，风景怡人，但你们到那里要走多少步呢？"

我观察了一下地图，"这儿！桑迪湾在这里。"我指了指岛东边那个大一点儿的海湾，"我们得从地图上找到穿过树林之后通向桑迪湾的路。"

亚伦看了看我们身后，确定我们是唯一直接前往第二个问题的一组，然后他抓起我的手，小跑着说："加油，我们快走！"

"161步、162步！"我数着抬起头，看看我们是不是要抵达目的地了。亚伦在我前面，已经走到了海湾的边缘。

"207 步！"他一边喊一边匆忙地把答案写到任务清单上。

我停在原地问道："那是不是意味着我不用走这剩下的 45 步了？"

亚伦挥了挥手："你要是不来的话准会后悔，这儿简直美极了！"

"但是走回去需要更多步。"

"相信我，绝对值得，快来吧！"

我挪动颤抖的双膝，走到海湾边缘并四处看了看。视线所及之处是一片宽阔的浅黄色沙滩，海水轻轻拍打着海岸，海陆相接的地方形成了一条白色的细线。

亚伦坐在沙滩上，放下了记录板。我拾起它，看下一个问题："最深的海湾有多深，请记录一天的深度与时刻。"

"你要干什么？"我看到亚伦脱掉了凉鞋，好奇地问道。

"去游泳，我们走吧！"

"那寻宝比赛怎么办，你不想赢了吗？"

"当然想。"他说，"但看看这里。"他朝大海扬了扬头，清晨的阳光洒在清澈的海面上，水面波光粼粼，仿佛群星一般熠熠生辉。远处，水色由碧绿逐渐变得深蓝。我似乎听见海浪在轻声呼唤我的名字。

"趁其他同学还没到这里。我们至少玩会儿水再走吧！"

"好的，就玩一小会儿。"我同意了，在他旁边坐下，也脱掉了凉鞋。

我们卷起裤腿，站了起来。随后，我抓起寻宝任务清单，把它从记录板上扯了下来。

"你拿它做什么？"亚伦问我。

"保险起见。"

"这真是个好主意，这样就不会被其他组偷走，然后赶超我们了。"

我哈哈大笑："其实我是害怕会有动物把它当作食物。不过，你说得也对。"

我把任务清单叠好，取下铅笔，把它们一并塞进我们发的防水袋里，然后随手放入我的口袋。

"准备好了吗？"亚伦咧嘴冲我笑着说。

"好了，我们走吧。"

我们一起跑到水边。这里的沙子踩上去又柔软又暖和。当冰冷的海水没过脚踝时，亚伦转身朝我笑了笑，我从未感到如此幸福。

然后他俯下身亲吻了我，那种幸福感更加强烈了，于是我搂住他的腰，头靠在他的肩上。

这一周我们都是这样度过的，我觉得自己是这个世界上最幸运的半人鱼。

亚伦看着海说："我们能不能……"

我知道他想干什么。亚伦和我一样。对于半人鱼来说，站在没过脚踝的水里，就像巧克力迷看到堆满火星巧克力棒的商店。

　　我随着他的目光看向如宝石般闪耀的海面。它似乎在对我们讲话，在召唤我们。我难以抵抗大海的诱惑，但我的脚踝已经冷到刺痛，我的脚趾蜷缩了起来。

　　"继续走吧。"我说道，"真是一个美好的早晨。我们可以快速地游一会儿，我相信到下一个问题的时候衣服就能干了。"

　　"说不定我们能保持领先呢。"亚伦放开了我的手，慢慢地走入水中。水没过了他的膝盖，裤子都湿了，他转身笑着说："快来啊！"然后潜入水中消失了。

　　我赶紧向后看了一眼，海滩依然没有人。我向前走了几步，然后也潜入水中。

　　海水十分温暖，它包围着我，带走了我所有的顾虑，我心里暖洋洋的。过了一会儿，我感觉身体有些变化。我的双腿一阵刺痛，又紧又胀。过了一会儿，这种感觉完全消失了。

　　我的双腿变成了一条长长的闪着紫色和绿色荧光的鱼尾，随着我在水中优雅地摆动，在我身边散发出彩虹般的光芒。

　　我们一起在水中游着，海水清澈见底。一片金色的沙子铺在海床上。不管我们游到哪里，海面都会冒出咕嘟咕嘟的气泡。有时，我们游过一小堆岩石，看到上面有几缕细细的海藻向上延伸，像一束鲜花。有时看到一条小鱼飞快地游过，就像赶着去赴约一样。还有数以百计的小鱼像体操运动员在表演一样，排着整齐的队形。

就算在这儿待一整天我也不会感到无聊。

显然，我们不能一整天都待在这里，除非我们想被普拉特老师批评。普拉特老师是布莱特港中学最好的老师之一，她待人友好，但是很严格，我们都很听她的话，因为大家都想看见她的笑容，没有人想看她发火。

所以我们应该赶快回去寻宝。我可不希望我们在别人都返回两小时后才回去。

我轻轻地拍了一下亚伦的肩膀，说："我觉得应该回去了！"

他点了点头并向上指了指："让我来看看我们现在在哪儿。"

我们游出水面，环顾四周，发现在短短几分钟里我们已经游出了很长的距离。在水中很容易忽略方向，而且尾巴真的比腿游得更快。

我回头看向岸边的方向，仍然可以看到桑迪湾，但我们已经游到了两个海湾中间的水域，很快就能游到下一个海湾了。重新潜入水里后，我看见前面有一块暗礁，然后海床垂直下降，海水变得又蓝又清澈。

亚伦向上指了指："这肯定是深蓝湾！这不是下个任务的所在地吗？"

"我们必须测量出最深的海湾有多深。"我回答道。

"所以你是怎么想的呢？我认为最深的海湾可能是名字中带有'深'这个字的海湾，你觉得呢？"

"应该吧。那我们要不离近点儿去看看？"

"当然！或许我们在回去之前能找到答案，还可能领先一步呢！"

我们一起游进海湾。游过暗礁时，周围的海水突然变冷了。我缓缓低头向下看，海床几乎消失了。我游得越来越深，但始终无法靠近海床。

亚伦在我旁边说："哇！好奇怪呀，不是吗？"

我点点头："但是景色真的好美，看！"我指向面前的一群鱼。它们色彩斑斓，有着黄蓝相间的条纹，在我身边游来游去，身体闪闪发光。发着银光的鱼群看起来像嵌满钻石一般，可能是某种罕见的海蜇，在我们周围跳起了舞。

我们一直向最深处游，终于到达了海湾底部。海底排列着巨大的岩石堆，在这些岩石之间，各种形状、大小不一的鱼都懒洋洋地游着。眼前的情景让我放慢了速度。一只龙虾伸出一个爪子，然后又缩回去，好像在做瑜伽一样。植物的花瓣和叶子展开又合上，像人在轻轻地打哈欠。鱼儿在石头间迂回地游来游去，如同滑雪运动员优雅地沿着障碍滑雪道俯冲而下。

在海底深处我们几乎看不到海面。"我们怎么测量海湾的深度呢？"我问道，"或许我们应该回到海面去。"

"我同意。"亚伦开始向上游，我跟在他身后。

我们一直向上游，海水越来越清澈。我发现我们正朝着小岛前进，而不是游向大海。我看到前方有一块岩石峭壁几乎从海底拔地而起，看起来像一堵墙。

我转向亚伦："游去看看？"

他点点头，我们游过去。"嘿！"当我们在水下接近这堵墙时，亚伦指着一个金属色的东西，"快看，是一个梯子！"

我们沿着梯子向上游。

"看！"我指着梯子旁边的一些标记，这里每隔一段距离就有一个标记。我能看到的第一个是"140 米"；再向上游，是"150 米"；再高一点是"160 米"。

"这是用来测量水深的啊！"亚伦惊呼道，"我们继续向上游，看看下一个。"

我们游到了"170 米"。

"你说得对，"我说，"这的确是用来测量海湾深度的工具。"

"所以我们通过看水线就可以回答任务清单上的第三个问题了！"亚伦咧嘴一笑，"我们已经遥遥领先啦！"

于是，我们游到水面，寻找最近的数字。稍高一点儿的地方，一个标记写着"235 米"。

"耶！没错！是 235 米。"亚伦咧着嘴笑。

我说："嗯，这个数字要比实际高出几米，应该是 232 米。"

我们环顾四周。梯子的尽头是海面上的一块岩石。岩石的底部是橙红色的，上面有一条灰色的线。我猜这就是最高的水线。

"我们能不能游上岸把衣服弄干啊？然后我们就可以开始下

一个任务了，看看是否需要回到桑迪湾，还是从这里出发就可以。"我建议道。

"光着脚丫吧。"亚伦补充道。

"哦，是的。我们早就应该想到这一点！"

我们游出了水面，坐到一块平滑的岩石上。我的尾巴上那些闪亮的鳞片一块接一块地消失了。我的双腿又变回来了，但我的裤子和上衣都湿了。

我们像小狗一样甩干头发，然后拧干衣服。幸运的是，今天的天气很好，衣服很快就干了。

我从口袋里把防水袋拿出来，然后从防水袋里拿出铅笔和寻宝任务清单，写下我们找到的海湾深度的答案及发现的时间。"想知道下一个任务吗？"我问道。

亚伦紧挨着我，盯着寻宝任务清单看。"从卵石湾带回一块石头。记住一点，不要耍小聪明。"亚伦大声地读了出来。

"卵石湾的石头一定十分特别。"我一边暗暗想着，一边翻着地图寻找卵石湾。就在我们所处的深蓝湾的另一边，只有一条蜿蜒盘旋的小路通往主干道，然后向下走就能到达卵石湾。我猜这是大家都会选择的一条路，因为地图上只有这一条路线。

可是两侧是陡峭的悬崖，唯一的办法就是回到水里游过海湾，上岸后到达主干道。因为我们的衣服才烘干，所以我并不想回到水里。正当我仔细地看地图时，我好像发现了一个秘密。

它并没有像其他地方一样被标记为一条小路，但有一条非常细的虚线，从我们坐的岩石略高的地方，绕过海岸，直接穿过卵石湾，大概只有常规路线的一半距离。

第一个选择就是游过去，但两个海湾之间布满了岩石。从地图上看，这条弯弯曲曲的路线一定是最快的。

我研究地图时，亚伦突然站起来环视我们身后的岩石。

"你有什么想法？"我站起来问道。

"我希望我们想的一样。"他指向右边，"看到那边的树木和灌木丛里的小路了吗？"

我探着脖子望着他指的地方。

"这条小路似乎通向很远的地方，也许是条废弃的小路。我估计这条道路就是通往卵石湾的捷径！你想去看一看吗？"

我把地图装进防水袋，然后放进口袋里，笑着对他说："当然，我们去看一看吧！"

第四章

误闯第五湾

　　我们爬过岩石，在陡峭、湿滑的悬崖上互相帮助，不去想第二天早上我们腿上会有多少伤口和瘀青。根据之前的观察，我们根本没有料到还要爬过这么多的岩石。

　　当我爬过第九块还是第十块岩石时，我忽然想到自己忽略了什么。

　　亚伦正在前面爬过那块锯齿状的巨石。我轻轻叫他的名字。

　　"什么？"他回应道。

　　"你还记得莱尔怎么嘱咐我们的吗？"

　　"他怎么说的？"

"他说这条路很危险，我们应该走地图上标记的路线！"

亚伦停下来转过身："哦。你是想游回去吗？"

我回头看看我们走过的地方，大海在数英里①之外。那条又狭窄又崎岖的小道就在我们前面，与我们有四块巨石的距离。

我摇了摇头，说："走吧，我们继续吧，已经走了这么远了，都走到这条路上了，还能有多大困难呢？"

我俩达成了一致。

找到这条路并不是很难，路上遇到的问题也能一一解决。但是，这个地方杂草丛生，我们得小心路上长满刺的树枝。为了避开这些植物，我们得蹲下来侧身通过。我觉得此刻自己像一个小偷，正在躲避用红外线精心布置的陷阱。这样一天下来，我的脚一定酸痛不已。

但这些痛都不算什么。

最困难的是，脚下的路忽然变得和我的脚一样窄，路边就是陡峭的悬崖。我的心怦怦直跳，跳到随时都有可能让我失去平衡。我不得不停下来，抓住树枝来稳住自己。

"你没事吧？"亚伦问我。

我不敢回答他，因为我觉得，我说话，甚至是呼吸，都可能让我失足坠落悬崖。

我屏住呼吸，小心翼翼地向前走。

"爱美丽！你还好吗？"亚伦扭过头来问我。

---

① 1英里=1609.34米。

　　我抬头看了他一眼，对他点了点头。然而，我不该在这个时候抬头。我踩到了一个尖利的带刺的东西。

　　"哎呀！"我另一只脚又踩到了一片滑溜溜的叶子，然后我整个人摔倒在地上，腿蹭到了路边。

　　"啊啊啊啊……"

　　亚伦伸出手想抓住我，但已经晚了。"爱美丽！"他喊道。

　　"亚伦！"我眼看着他也失去平衡，摔了下来。

　　"不——"

　　我们在荆棘、石块、灌木丛里跌跌撞撞，滚向山下。我的衣服划破了，皮肤火辣辣地疼，脑袋里满是疑问。

　　为什么我不听莱尔的话？为什么我从来都不听别人的话？为什么我总要去冒险？从这样陡峭崎岖又危险的悬崖边摔下来，我们活下来的可能性有多大？

　　"爱美丽？"

　　我抬起头就看到亚伦在我前面不远处，他赶忙站起来，然后向我走过来。我拿掉头发上的树枝，小心翼翼地站了起来。"哎哟！"我哼哼道。

　　"你还好吗？"亚伦在我身边。他的一边脸上有一道泥巴，另一边脸上有一道划痕，而且越来越红。

　　我揉了揉腿说："我的脚踝好像扭伤了，一点儿小伤，没事儿。你呢？"我伸手碰了碰他的脸颊说："看起来很疼。"

　　"我没事儿。"亚伦说道，"只要你没事就好，我好得很。"

我环顾四周，发现我们摔在了一条沟渠里，距离崖底还有一段距离。

"看来这条沟渠救了我们。"亚伦边说边观察了旁边的两条路，其中一条路的前方有棵大树横在沟渠上。

我朝反方向示意亚伦："我们往这边走，看看这条路能通到哪里。"

我们默默地走着，可能是因为一时无法从惊吓中回过神来。我在想如果我们被困在这里该怎么办？这条沟渠离海边太远了，没有办法跳进海里，况且这里距离海面也太高了。如果前面没有出口该怎么办？因为岛上没有信号，所以我们把手机留在家里了，现在无法和任何人取得联系。况且，就连我们自己都不知道现在身处何地。

为什么我们坚持不走老师告诉我们该走的那条路呢？趁事情进展顺利的时候，我为什么不能……

"爱美丽！"亚伦打断了我的思路。我急忙跟上他，转眼间，我们已经走到头了。我们的左右都是陡峭的悬崖。我们前面的沟渠也变得弯弯曲曲，通向一条窄窄的路。

亚伦爬出狭窄的沟渠，跳到了小路上。

我紧跟着他，四处张望。现在我们终于从沟渠里出来了，我可以看到大海就在我们脚下。深蓝色的海水击打岩石，变成了泡沫状的白色旋涡。

我们沿着小路向前走，转过一个弯，然后一直向下。但是这条向下的小路被横七竖八的植物形成的一道"栅栏门"挡住了。一段水泥台阶就隐藏在植物丛后面。

"亚伦！看！"我说道。我们拨开植物，发现这不仅仅是几个水泥台阶，而是一个通往下方的楼梯。但是它会通往哪里呢？

亚伦看向我说："我们要不……"

也许这条路通向海底。如果是这样的话，游到下一个海湾肯定比我们走过去更快。况且，这个台阶就像是在邀请我们，让我忍不住想往下走。谁能抗拒隐藏在小岛禁区的神秘楼梯呢？

我点了点头："我们下去看看吧。"说完我就后悔了。两分钟前我还在反思自己为什么从来无法抗拒未知和神秘的东西，然而现在我又这么做了！事实上，我无法抗拒，也不想抗拒。冒险总比平淡更吸引人。我想，这就是我的天性。

"好，如果没有线索的话，至少我们还可以原路返回。"亚伦说。

我咧嘴一笑："按你说的做。"

他把植物拨到一旁，在前面带路。

这架楼梯弯弯曲曲的，树枝、灌木，各种植物随处可见。我想，如果这条路行不通，我们回来的路会很难走，但又期待着这些台阶通向某处。到底是谁在这里修了这些台阶呢？

沿着这条楼梯路，我们几乎走到了悬崖底部，先向左转，向下走三步，然后向右转，再走五步，又左转，然后……

"哇！"亚伦停下脚步，我跟着也停了下来。

"哇！"我也惊叹道，"这是什么……"

我们对视一眼，然后向下看去。台阶的尽头有一堵低矮的墙。墙的左边有一条短而陡峭的小路通向某个建筑的底座。这个底座看起来像一个水泥台子，呈半圆形，从悬崖边伸出来，俯瞰大海。

底座垂直坐落在海滩上。底座下方是第五个海湾——那个地图上没有标注的地方！

即便是从底座边上往海里跳，对我们来说也太高了。或许涨潮后可以试一试，但我们也不一定能活下来。这至少有一栋楼那么高，更何况谁知道海面下会暗藏什么样的礁石呢？

底座上的东西让我大吃一惊。

那是一把笨重的大木椅，它面向大海，遥望着远方的地平线。

我看了一眼亚伦，他也看了看我。我们很默契地跑下去，跳到了底座上，去查看那把椅子。

它又硬又重，似乎扎根在水泥上，与其融为一体。椅子是用深色的实木做的，每条腿的底部都很潮湿，略微有些腐烂。椅背上长着零星的苔藓，椅子的每条木板都被牢牢地钉在一起。

"这是什么？"我问，"我的意思是，我当然知道它是一把椅子，但是它是做什么用的呢？"

"不知道这是为谁做的？"亚伦沉思道。"看！"他指着椅面，"这里的磨损比其他地方都厉害。"亚伦说得没错，椅子面已经被磨得发白了。

"好像有人经常在这里坐着！"

"没错。但究竟是谁呢？真奇怪，有人会经常来这么一个荒僻的地方。"

"这人应该也是越界了。"我接着说。

亚伦走上前，笔直地坐在了椅子上，双臂交叉在胸前。"这里太美了。这让我觉得自己像个国王，就像尼普顿，或者克努特国王这样的君主。"他拍了拍座位，往边上挪了挪，"你也来呀！"

我和他挤在椅子上。"亚伦王和爱美丽王后，"我悄悄说，"你感觉怎么样？如果我们负责管理这片海的话，我们会不会比尼普顿做得更好？"

话刚说出口我就后悔了。这话听起来像是我在变着法地问他，想不想和我结婚。

亚伦笑笑说："我不知道。尼普顿做得很不错，除了他心情不好的时候会破坏岛屿，或者在海上制造猛烈的风暴。"

换句话说，他这是在拒绝我！而且似乎为了确认我是否听明白了，他转过身来，用怪异的眼神盯着我。

"什么？"我问他。不知道是不是该解释一下，我并不是在向他求婚，或许再解释会适得其反。

亚伦摇了摇头，轻描淡写地说："没什么。"然后他转回身去，凝视大海。

好吧，谢谢你亚伦。我完全明白你的意思了。

我们静静地坐着，看着大海。若不是我的脸因为自取其辱而发烫，恨不得去岩石下面躲起来，我真想在这里待上一整天，和亚伦一起，欣赏着最美丽、广阔、蔚蓝的大海。此刻一切都静止了，世界上好像只剩下我们两个。

然后……

"亚伦。"我轻轻推了推他。

"怎么了？"

我向前伸直手臂，指向地平线。虽然浪潮离我们很远，但还是有很多海水。不过，我指的不是海水，而是海面上的东西。"那儿！"我说。

亚伦顺着我指的方向看过去。"一艘大船！"他从椅子上跳了起来。我也跑到底座的边缘，和他一起眺望那艘船。

就像是在电影里看到过的一样。这是一艘很长的船，船头和船尾高高翘起，船上有三根高高的桅杆，每根桅杆上都松松垮垮地挂着散乱的白帆。

我眯着眼睛透过阳光望向那艘船。它一半朝着我们，一半朝着地平线的边缘，缓缓滑过海面，就像是在海上徘徊。

"你觉得这艘船是要来这座岛吗？"我问道。

"应该是。"亚伦回答，"不过，它离这儿少说也有几英里远。"

"说不定这是莱尔为我们准备的!"

"那太酷了!"亚伦咧嘴笑着对我说,"不过,我们见识过他的组织能力,我不相信他会这么做。"

"我也觉得。"

我们入迷地望着那艘船。船帆看起来时而无力地挂在那里,时而被风吹着鼓起,像骄傲的军士长挺着胸膛,每当这个时候,船就会向前挪一点点。之后,船帆又会掉下来,变得破破烂烂、毫无生气。

然后,奇怪的事情发生了。船后生出了一股薄雾,越过地平线,把船笼罩了起来,仿佛有人从后面爬上来,用一张床单盖住了船,把它藏了起来。

雾气越来越浓,越来越厚,最后把船完全遮住了。但是没过多久,太阳从薄雾后升起,驱散了雾气。阳光亮得让我睁不开眼。

当我再次睁开眼的时候,风平浪静,薄雾消失了。

然而,那艘船也跟着消失了。

第五章

两校会合

亚伦看着我问："它去哪儿了？"

我望着远处的大海，等待着那艘船重新出现。"或许它只是被海浪挡住了。"我回答说。

"但是现在海上一片平静，"亚伦说，"没有浪也没有风……"

"也没有船。"我紧接着说。

亚伦摇摇头："可能它在被薄雾笼罩的时候掉头越过了地平线。"

"我也是这么想的，它一定是改变了航向。"我说。不过，老实说，我根本没看明白是怎么回事。那艘船只被雾气掩盖了几秒钟，顶多半分钟。但我想不出任何其他的可能性。一定是发生了什么事。

亚伦看了一眼手表："我敢打赌，我们现在绝对是寻宝比赛的最后一名。"

我看了看陡峭的台阶："走吧，我们还是回去吧！谁知道呢，我们前几个问题完成得很快，足够让我们领先，说不定我们还有机会。"

我从口袋里掏出那张任务清单，翻到背面，仔细研究地图。我们现在已经发现了第五个海湾，我可以确定我们在岛上的位置了。一条弯弯曲曲的小路从这里通向主干道，这条小路正是我们之前在沟渠的尽头发现的。

我用手指戳了戳地图，告诉亚伦我们现在在哪里。"我们只需要回到台阶上，然后沿着这条小路走下去，就应该能回到原来的路上。"我解释道。

"好吧。我们走吧。下一个任务是什么？"

我翻到任务清单："从卵石湾带回一块石头。注意，如果你作弊了，我们会知道的。"

"好吧，卵石湾。"亚伦说着，穿过底座，朝台阶走去，"让我们看看还能不能回到比赛中去。"

不出所料，这次寻宝比赛我们没有赢。幸好，有一些同学去了些很难找到的地方，所以我们也不是最后返回的。虽然回来的时候看起来像是《雾都孤儿》中扮演街头顽童的临时演员，但我们的排名还算中等，所以并不引人注意。

我们在树林的终点赶上了班里的其他人。曼迪向我挥了挥手，她和朱莉还有其他几个人坐在小路尽头的一棵树下。

"你怎么啦？"曼迪问我。

"什么意思？"

她指着我的左胳膊："你胳膊上全是瘀青。"

我抬起胳膊看了看。她说得没错，瘀青已经变成蓝紫色了，中间还有一道划痕。

"你的右胳膊在流血！"曼迪补充道，"而且你的腿上都是泥，走路的时候还一瘸一拐的。"

"我们迷路了。"我漫不经心地低声说道，"回头再告诉你。"普拉特老师从我们后面走过来，我不想让她听到。我告诉曼迪，我们是故意沿着那条小路走的，因为那条小路通往的那个海湾，老师特意强调要我们避开。

"好吧。还有，呃……你没穿鞋，对吧！"曼迪说。

我点了点头："我晚一点儿解释给你听。"

"好了，孩子们。你们都表现得很好。我们现在回屋里去吧！"普拉特老师把我们叫到一起说道，"去把自己收拾干净，20分钟后我们在餐厅见。午饭后，你们可以自由活动一会儿，我和莱尔会核对寻宝任务清单。有没有人主动帮忙一起准备午餐？"

在她让我们"主动"去厨房之前，我们快步穿过马路，朝房子走去。

"你看见那艘神奇的船了吗？"当我和其他几个女孩儿朝着合住的那个房间走的时候，我问曼迪。

"哪艘船？"曼迪反问我。

"地平线上有一艘又高又大的船，船帆非常大。它看起来是朝这边来的，但突然又改变了航向。"

"呃，没有。"曼迪摇摇头。"你确定这不是你的幻觉吗？"她开玩笑说。这让我想起来，就在不久前，她还欺负过我，奚落过我，骂过我。算了，那些日子已经过去了。

曼迪肯定看到我畏畏缩缩的。"嘿，我只是在开玩笑。"她轻声说道，"你看到它的时候，我可能在岛的另一边。"

"是啊，可能吧。"我赞同道，但我还是心存疑虑——我决定不再提那艘船了，不管是对曼迪还是其他人。这件事让我有点儿心烦意乱。那艘船到底是怎么回事？它朝哪儿驶去？从何处来？又为何突然消失？那些船帆为什么一会儿看上去破旧不堪，一会儿又被风鼓起，推动着船向前航行？

这些问题都困扰着我。

不管怎样，当我狼吞虎咽地吃着薯片、奶酪和泡菜三明治时，我忘记了那艘船，回到了真正重要的事情上：计划在自由活动的时候和朋友们干些什么。

这并不难决定。阳光依旧明媚，曼迪、亚伦和我一致决定在自由活动的时候去桑迪湾玩。

我们到那儿后做的第一件事，就是找我们的凉鞋。跟我和亚伦之前来的时候相比，潮水已经涨了不少，但是离海滩的顶端还有很长的距离。我们之前离开的时候凉鞋在哪儿，现在还在哪儿。

曼迪脱下鞋子和袜子，和我们的放在一起。"我们到水边去划船吧。"她建议道。然后她停下来，看看亚伦，又看看我："我的意思是，如果那是……如果这不会让你……如果你不介意的话……"

"没关系，"我向她保证，"我们只有一半的身体没在水里的时候才会长出尾巴。即使长出了尾巴，也没什么问题。"我拉起裤腿，向其他人挥手："来吧，我们和你们赛跑，看谁先到海边。"

我们跑下海滩，跳进水里。一些同学也来到了桑迪湾。我们和他们一起玩，互相泼水，沿着海岸狂奔，一边跑一边尖叫。

曼迪突然停下脚步，指着大海喊道："嘿，快看！"

我的心跳加速了。又是那艘船吗？我看向她指的地方。不是那艘船，是比船更神奇的——一群海豚在海浪中穿梭。在海豚之间还有很多人。他们背上背着包裹。

西普罗克学校的学生到了！

我看着曼迪。她笑了笑。"太好了，去见见他们。海滩上还有很多人。"她说。她以一种从未有过的方式读懂了我的心思，只有真正的好朋友才会这样。我也笑了笑，不禁想，自从她叫我"鱼女"以来，我们已经一起度过了很多时光。

我毫不犹豫地给了她一个拥抱。"谢谢你，曼迪。"我说。

她尴尬地抱了抱我，然后把我推开："你把我身上都弄湿了！"

我笑道："你身上本来就湿透了。"

她耸耸肩，然后朝着越来越近的那群人点了点头，又转向我说："走吧，去欢迎他们来到岛上。"

我不假思索地跳进水里，游过去迎接他们。亚伦和其他几个男孩儿在海滩上踢足球，但当他看到我转身跳入水中时，游到了我的身边。

肖娜就在队伍的最前面。我们几乎是头碰头撞在了一起。

"爱美丽！"肖娜微笑着把我紧紧地搂在怀里。

"你这么早就来了！"我一边游一边说，"我还以为你今晚才到呢。"

"我们借到了尼普顿的海豚队，所以只用了一半的时间就到了。"

亚伦吹了声口哨说："太棒了！你们是怎么借到的？"

就在这时，另一个人游到了肖娜身边。他笑着说："如果你找到合适的人，你也能做到。"

"塞思！"亚伦游到他面前，拍了拍他的后背，"你怎么来了？"

"他想出了一个巧妙的办法。"肖娜说。

　　塞思继续说道："我说服了尼普顿。我说像人鱼和人类学校首次联合郊游这样重要的事情需要有人来监督。"

　　肖娜朝塞思笑了笑："塞思这话符合尼普顿的想法。"

　　"尼普顿答应了！"塞思笑着说，"我也许只能待几天，但总比没来过要强。"

　　"就这么容易？"我说。

　　"那不然呢？"肖娜轻声补充道。

　　"那么你们住在哪儿？"我问肖娜。

　　"芬斯普勒老师说，住的地方离其中一个海湾很近，好像是深蓝湾。"

　　"深蓝湾吗？"亚伦问道。

　　"就是那里。那里有一些隧道已经被改造成了一个人鱼旅馆。"

　　"太棒了！我和亚伦上午去过那里，"我说，"就在这个拐角处。"

　　当我们经过深蓝湾边的岩石时，我们游到水面去欣赏周围的景色。现在这里看起来和我们今天上午看到的不一样。上午的时候，海水已经涨满了海湾，但还没有涨到这么高。

　　现在水已经涨到悬崖那么高的地方了，以至于看不见低矮的橘红色岩石。我们之前以为水已经很深了，但现在大概又涨了一倍，水流也更湍急了。我们说话的时候，身体随着水流上下起伏。

　　"那是岛上最深的海湾。"亚伦说。

"这里有五个海湾，但我们只能去其中的四个海湾玩。"我补充道。

"我们没有注意到……"亚伦又说。

芬斯普勒老师打断了亚伦的话，叫大家都下来跟着他。

"我们一会儿再来找你，好吗？"肖娜说，"他们告诉我们，我们会在深蓝湾的海滩上见面。"

"太棒了，待会儿见！"我说。然后肖娜和塞思又潜到了水下。

我和亚伦正打算潜水返回桑迪湾。这时悬崖上有什么东西，或者准确地说是某些人吸引了我的目光。

"亚伦，"我说，"快看！"我们班的另外两个同学站在岩石上，那里离我们上午去的地方很近。他们停留在我们走过的小路下面的一块岩石边缘上，好像遇到了困难。

亚伦盯着悬崖说："那是詹姆斯和安娜贝尔。他们在干什么？"

我们游向他们，大声呼喊他们。现在潮水已经很高了，我们离他们并没有那么远，几乎可以看到他们的脸。他们看上去吓坏了。"你们还好吗？"我喊道。

安娜贝尔只是摇了摇头，没有回答。詹姆斯朝我们喊道："我们被困住了！我们早些时候绕着海湾走了一圈，但现在回不去了。我们没有想到海水会涨得这么快！"

我瞥了一眼岩石，明白了他的意思。海水涨得那么高，海湾的两岸都被水隔断了。汹涌的海水不断翻滚，我们随着海浪上下沉浮。前一秒，我们还在很远的地方朝他们呼喊；下一秒，我们几乎被撞到了悬崖边。

"你们为什么不跳进海里呢？"我建议道，"或者从梯子上爬下来？我们会和你们一起游过海湾。"

安娜贝尔使劲摇了摇头。"不行，"她终于发出了声音，喊道，"我们看过地图，海水太深了，我不下去！"

过了一会儿，大海仿佛在回应她的恐惧。一个浪头猛烈地拍到悬崖上，激起滔天的浪花，仿佛要卷去所有的东西。

安娜贝尔尖叫了一声，把自己紧紧地贴在岩壁后面。又有两个浪头涌上来，猛烈地拍打着悬崖，每个浪头仿佛都在岩石中搜寻着可以卷走的碎片。接下来的三个浪头缓和了一些，但仍然相当猛烈。

我依稀记得安娜贝尔在布莱特港游泳池里的状态，她的确游得不太好。因此她害怕面前又大又深的海湾，尤其是在这样的巨浪面前，恐惧无助也不足为奇。

我看了看海岸线，发现她和詹姆斯离我们今天上午出来的地方不远。海浪不停地涌上来，这个时候爬梯子对我们来说并非易事。但是我觉得如果我们能过去找到他们，就能帮助他们回到原来的路上。

亚伦看着我，我知道我们的想法不谋而合。"我们去帮他们吧。"他说。

我点了点头，对他们喊道："待在原地，我们现在就过去！"

我们趁着一个比较小的浪冲过来时顺势抓住梯子，在下一个海浪到来之前以最快的速度爬出水面。我们紧紧抓住梯子的顶部，等待鱼尾变成双腿，然后飞快地爬过去找安娜贝尔和詹姆斯。

当我们走到他们面前时，安娜贝尔哭着说："太谢谢你们了！"

我看了眼四周说："好吧，我们只需要爬过这些岩石，前面就有路了。"

"我以为是那条路。"詹姆斯指着海湾说。

"这是另一条小路，"亚伦解释说，"你只有穿过这些岩石，才知道路在哪儿。来吧，跟我们走。"

亚伦和我带头，我们一起翻越一块又一块的巨石。最后一个是最难走的，我抓住安娜贝尔的手，拉她爬过去。翻过岩石，就看到前面有条路。亚伦首先沿着路向前走，剩下的人排成一列跟在他后面。

"这条路真的有点儿窄，"我一边走一边回头说，"大家保持冷静，一个一个走，我们可以的。"

我们静静地往前走，一直走到我俩之前摔下来的地方。

"小心点儿！"亚伦叫道。

几分钟后，我们走到了通往椅子的小路上。我很想回到那里再看一眼，又不想让我和亚伦以外的人知道。但我们经过那里的时候，我还是忍不住看了一眼。

从这里，我只能看到悬崖上的陡坡和底座的边缘，而看不见椅子。

"我们走这条小路。"亚伦说，然后等着其他人跟上来。他们走在悬崖边的时候都吓得脸色发白。亚伦又说："从这里开始就是陆地了，这条小路直通主干道而且要安全得多。"

安娜贝尔一边沿着小路走，一边说："非常感谢你们做的一切。"我在拐角处等着他们走到我前面。她接着说："要不是你们在那儿，我真不知道我们该怎么办。"

"我都不敢去想。"詹姆斯补充道。其实我也不敢想。随着潮水上涨，海浪不断地拍打着悬崖峭壁，我估计在那块岩石上再待几分钟，他们两个肯定会遇上大麻烦。

我跟在其他人后面正准备走，突然听到下面有动静，像什么东西弄得水花四溅。我朝底座下的水面瞥了一眼，正好看到一个发散的波纹，就像把一块石头扔进湖里产生的水纹一样。

然后我看到了更奇怪的事情。在水下，一道黑影正从波纹中消失。那是什么？鲨鱼？一条大鱼？是什么东西弄得水花四溅？

"爱美丽，你跟上了吗？"亚伦喊道。他们三个都停下来等我。我应该告诉他们我看到了什么吗？我低下头，发现水下的那个东西已经不见了，波纹也几乎消失了。有什么可说的呢？它只是一条鱼。波纹一定是一块松动的岩石从悬崖上掉下来引起的，不然还有其他合理的解释吗？

"来了！"我应了一声。接着我就走上前去和他们会合，试图把我的这个疑惑抛诸脑后。

第六章

神秘船上的红发女人

我们走到小路的尽头，找到了回去的路。

"你们回来了。"普拉特老师在门口迎接我们，"我们5分钟后见。西普罗克学校的人已经到了，我们要去深蓝湾讨论这周的计划。快点，别迟到了！"

我跑上楼，迅速换了衣服，几分钟后和大家会合了。在路上，我把刚才看到的告诉了亚伦："我敢肯定那是一条大鱼或者鲨鱼什么的。只是，它看起来……像人一样。"

亚伦说："可能是西普罗克学校的学生。"

是啊！我怎么没想到呢？

"那波纹呢？"

亚伦耸耸肩，笑着说："一定有人跳进了水里。"

"什么？"

"你啊，到哪儿都要去探险吗？"

我耸耸肩，双手抱臂，辩解道："才不是。"

亚伦又笑了，搂住我的腰解释道："别生气，我这是在夸你。有件事我——"他突然停了下来开始咳嗽。"对不起，不小心呛到了。"他一边说，一边捶了捶胸口。

等他停下来后，我提醒他："你刚说的有件事……"

他轻快地说："你知道吗，我和你一起出去玩是因为你真的很有趣。"

很有趣？他就是这么想我的吗？我甚至还在幻想我们会结婚！美好的梦想瞬间就破灭了！

"快走吧，我们落后了。"说完，他便加快速度走到了队伍的前面。

普拉特老师在开场的时候说："孩子们，请记住，我们这周创造了历史，因为在此了解了彼此的世界。"我们挤在海湾的一头，靠着岸边的石头坐着。这是我们唯一能倚靠的石头，其余的都被潮水淹没了。西普罗克学校的学生在我们前面的海里。

芬斯普勒老师把身体露出水面更高一点说："说得好，我赞同你，普拉特老师。"

"请叫我安德烈娅吧。"普拉特老师红着脸说。

芬斯普勒老师朝她笑了笑:"好吧,那你就叫我卡尔吧。"

普拉特老师也笑了:"谢谢你,卡尔。"

曼迪戳了戳我,小声说:"给我空个位置出来。"我笑出了声。

芬斯普勒老师继续往下说,普拉特老师向我们投来了警告的眼神。"我完全同意安德烈娅老师说的。我们在这里学习,一起享受这座美丽的岛屿提供的一切。"芬斯普勒老师边说边环顾了一下四周,"下面有请洛温娜告诉我们接下来要做什么。"

普拉特老师走上前来:"实际上,洛温娜不在这里。她······事实上我们也不知道她到底怎么了,但她一定有事被叫走了。她的丈夫莱尔接替了她。"

"好,那就交给莱尔吧。"芬斯普勒老师说着又环顾了一下四周,大概想知道谁是莱尔。

"莱尔也不在,"普拉特老师紧张地说,"我们来这儿的路上去他家找他,可是他······"

"老师,你看!"一个叫埃维的女孩儿指着海湾的另一边喊道。这时莱尔正急匆匆地向我们这边赶来。

"对不起,让你们久等了!"他一路跑来气喘吁吁,大汗淋漓,就像刚洗了个澡。

莱尔捋了捋湿漉漉的头发,把衬衫半塞进裤子里,向芬斯普勒老师和西普罗克学校的学生们尴尬地挥了挥手说:"我是莱尔,欢迎大家来到五湾岛。"

芬斯普勒老师不满地挑起了眉毛，生硬地说："很高兴见到你。"

"好吧，大家现在都在，"普拉特老师说，"那我们继续吧？"

"啊，好。"莱尔回答。

"你有什么安排呢？"普拉特老师不耐烦地问。

"呃，实际上，我……"

普拉特老师用一种无奈的眼神看着芬斯普勒老师。于是，芬斯普勒老师决定挽救今天的局面，给她留下一个好印象。

"我有个主意，"他轻快地说，"首先男生女生分开。"

我们很配合地分成两队站好。

"现在，两人一组。"

我们又接着调整，我在找曼迪，看看她是否愿意和我一组。

"我还没说完呢，"芬斯普勒老师打断我们说，"一个人类和一条人鱼搭配为一组。"

这很容易，我在水中找到了肖娜。她向我点点头，竖起大拇指。

普拉特老师拍手称赞："好主意！"她接着芬斯普勒老师的话继续说："在每个小组中，我们希望你们每个人都能教给对方一些关于彼此世界的知识。"

"还有你们对这座岛的了解。"莱尔插嘴说。他说着瞥了一眼其他两名老师，好似一个过于热心的学生。

"对。"普拉特老师赞同道。

芬斯普勒老师补充说:"你们必须想办法一起做这件事。打破你们在探索彼此世界的过程中存在的局限性,并一起找到克服困难的方法。"

莱尔看了看表说:"一小时后就涨潮了,我们在桑迪湾见面怎么样?涨潮的时候,布莱特港学校的学生就没办法待在这里了。"

"好的。"普拉特老师表示同意。

"每个组的同学,希望你们到时候能告诉我们,你们从对方的世界中学到了什么,还有你们共同发现的,关于这座岛的一些事情。"芬斯普勒老师总结道,"还有什么问题吗?"

汤米举手问:"那么,普拉特老师,你和芬斯普勒老师也要互相了解对方的世界吗?"

大家都笑了,直到普拉特老师瞪了我们一眼才停下来。她的目光虽然很严厉,但粉红色的脸颊出卖了她。

"是的,孩子。"芬斯普勒老师插话道,"你说得不错,那你还在等什么?组队出发吧,我们一小时后在桑迪湾见。"

然后,我们开始扭扭捏捏,尴尬地做自我介绍。对我和肖娜来说,幸运的是我们的老师正在兴致勃勃地相互了解,所以无暇考虑我们这对最好的朋友在一组算不算作弊。

我潜入水中,和肖娜一边向岸边游,一边八卦闲聊。其他人则在讨论如何完成他们的任务。

我直奔主题。

"你和塞思真的是男女朋友吗？"我们一边游，我一边问肖娜。我俩浮在水面上，轻轻地拍打着尾巴，就像在海中漫步。

"我不知道，"她坦然地说，"他没提过，我也没提过。也许我们待会儿会说清楚。你喜欢他，是吗？"

"一个英俊的男孩儿把独角鲸从死亡的危险中救了出来，他是尼普顿的顾问，并且显然很爱慕你……让我想想！"我笑着说。

"你觉得他好看吗？"

"当然了，虽然没有亚伦好看，但是他也不错。"

肖娜笑着向我泼水："走吧，我们探险去吧！"我跟着她一起向海里游去。

我对水下的生活一直感到惊奇。我去年才发现自己是条人鱼，至少我知道我是人鱼才不久，这里的一切对我来说仍然是新鲜的，比如这寂静的海底世界，绚丽的色彩和海里摇曳的植物。

我们沿着曲折的小路穿过一片小海藻林，这些海藻顶部看起来像是长着黄色的羽毛、亮绿色的管子。海藻伸向海面，互相碰撞，像一群渴望看一眼天空的人一样向上伸展。

我们与一旁两条光滑的黑鱼一起比赛。它们看起来像又小又瘦的鲨鱼，专注又严肃。它们有着长长的尾巴，长长的鼻子，动作敏捷，似乎在执行一项严肃的任务，并且在水中疾驰时几乎没有甩动尾巴。我们让它们游在前面。

我们从一群小黑鱼旁边游过。它们游来游去，形成一个旋转的圆圈，不停地移动着，就像一团毛线或是一个越滚越大的雪球。

在我们下面，沙质海床偶尔遭到岩石和杂草破坏。在它们中间，螃蟹和龙虾静静地趴着，就像一群老人坐在房子外面，看着世间万物斗转星移，并聚在一起玩国际象棋和多米诺骨牌。

"嘿，看！"我指着前面说。那些岩石似乎在给什么东西让路。或者，更确切地说，它们似乎在构建某种东西。岩石变得越来越大，直到没有沙子，只剩下岩石。当我们游到岩石上面时，水变得更冷了。

"看那边。"肖娜指着我们的前方，那边的岩石越来越高，越来越暗。

我们小心翼翼地向它们游去，在越来越高的锯齿状岩石之间穿梭，其中一些岩石顶部几乎浮出水面。

"就像一条山脉。"我低声说。

"太不可思议了！"肖娜表示同意。

我们游过一座特别高的岩石峰时，我的尾巴碰到了岩石。它冰冷又粗糙，差点儿把我刮伤。我正要建议回去的时候，有东西引起了我的注意。

"肖娜，这就像一条秘密通道！"我说。大海里，巨大的岩石就像山峰一样。岩峰的另一边是陡峭的悬崖。就在这里，海床也下降了，蓝色的海水清澈而温暖。海水的底部是一片沙地。

一条蜿蜒的狭长水道，一条海峡盘旋在岩石山脉中。

我和肖娜凝视着海峡，然后转过身来，目瞪口呆地看着对方。

"好吧，我承认我从未见过这样的东西。"肖娜说。

"你想去探索吗？"

肖娜不自在地扭动着身体，扭动的时候她的尾巴在清澈的水中闪闪发光。"我不知道我们是否应该去，"她说，"我的意思是，我们已经出来很久了，也许该回去了。"

我之前带肖娜参加了很多冒险活动，其中一些甚至危及生命。但如果她不热衷于这次冒险的话，我是不会拉着她一起去的。我开始转身往回游。"好吧，你说得对，"我说，"我们可能该走了……"

"不。"肖娜拦住了我。我不知道她是看到了我脸上失望的表情，还是这个隐藏的隧道里什么东西也激起了她的好奇心，她把我拉了回来。"来吧。我们可能再也找不到这个神秘的通道了。我们可以快速地看一下，我相信我们还有时间。"肖娜说。

所以我们继续游。海峡又弯又窄，像一条巨大的鳗鱼在海底蜿蜒爬行。我们沿着弯道前进，一边游一边惊叹着两边巨大的悬崖峭壁。

我们游过一群黄白相间的小鱼，它们排成一排，像一群听话的小鸭子，跟在妈妈后面游来游去。我们又看到一群蓝紫相间的条纹鱼，长得又宽又圆，像一群舞蹈演员一样以完美的队形前进。

三条光滑的黑鱼在我们旁边的海峡疾驰而过，像商人匆匆赶去开会一样。一丛丛海草在这儿聚成一团一团的，就像鸟巢一样。绿色的海草一缕一缕，用它们羽毛状的黄色触手向我们招手。在海峡中不时有海沙像云一样翻腾起来。

然后奇怪的事情发生了……

一切都停止了。

鱼儿在下一个拐弯处散开消失了，海床上不再扬起阵阵海沙，就连岩石似乎也更安静了，海洋里的一切运动都停止了。

然后……

我倒吸了一口气，眼睛盯着前方——震惊得说不出话来。我完全被迷住了，都顾不上回头抓住肖娜。绕过弯道，径直朝我们驶来的是一艘巨大的深蓝色的船。

我试着转身游开，但我的尾巴已经忘记怎么动了。我无法动弹。那艘船的船首露出水面，上面有一个金色鱼钩。现在，任何一秒钟，它都会击中我。我能做什么？无处可逃，这条海峡里没地方可供潜水。我可以潜到海底，但说实话，我并不喜欢一艘巨大的船直接从我头顶上滑过去。那就只有另一个选择：向上游。

我一刻也没有停下来，拼命地摆动着尾巴，奋力往上游。如果我能浮出水面，游到礁石上去，也许我能避开船——大家都知道船会避开礁石！

我气喘吁吁地游到水面，环顾四周。大海像下面的海峡一样平静，海面像一面蓝色的玻璃镜子，明亮又平滑。真是诡异，但这还不是最奇怪的事。

最奇怪的是我面前的景象——唯一有动静的是那艘船。它的船帆一会儿鼓起来，一会儿又降下来，好像在祈求风的到来——寻找空气中微微的一点儿气息来推动它前进。但是什么也没有，没有风给它动力。

除了拍打着的船帆，这艘船和周围的一切一样静止不动。在广阔无垠的大海上，它一动不动地停泊在平静的海面上。

我在它旁边游来游去，从各个角度来观察它。船身是深蓝色的，有一条白色的线绕船一圈。船舷呈扇形向上伸展，船首斜桅很长——那是一根从船头伸出来的大木杆，我从来没见过这样的桅杆。在杆子上面，错综复杂的绳索像迷宫一样构成了一个网。还有三根巨大的桅杆从甲板上伸出来，上面的船帆徒劳地拍打着。

我以前在悬崖边的椅子上见过这些帆和这艘船。当然不可能是一模一样的……

我不是百分之百确定，但它们太相似了，因为我很少看到这么高大的船。

所以它们一定是同一艘船。

我向船跟前游去，能看到船首斜桅下面的头像。她的上半身是一个女人的脸和身体，长长的头发一直沿着她的身体垂下来。她的下半身是一条尾巴。我本以为这是条美人鱼，但是她的尾巴尖就像是一把边缘都是锯齿的扇子，尾巴上有旋涡状的图案和火焰。美人鱼还是半龙？不管是什么，都感觉很怪异。

我小心翼翼地游到船边。船头有字母，我游过去看到了船的名字：繁荣二号。

我游向船尾，在离船远些的地方停下，以便能看到更高的地方。我伸长脖子向上看，宽阔平坦的木制甲板看上去光洁无瑕。从水中，我只能看到它的边缘，但它看起来几乎是全新的。

然而，当我扫视甲板的时候，它们似乎活了过来！要么是阳光照在甲板上闪闪发光，使我在水面上产生了一种奇怪的错觉；要么就是那里正在进行迪斯科表演！

那儿还有什么东西在晃动——是人！一个男人坐在船尾附近的长凳上，一个女人在舞池边旋转。另外还有一群人站在栏杆旁，用望远镜眺望大海。

这些人是谁？他们从哪里来？为什么听不到他们的声音？

"嘿！"我喊道。没有人回应，甚至没有人回头。也许他们太忙了，没有时间理我。

我环顾四周。肖娜在哪里？这到底是怎么回事？

一种不舒服的、冰冷的感觉从我的头顶一直蔓延到我的尾巴尖。我突然觉得自己太孤单了。

我潜回水下。

"肖娜！"我呼喊着。没有人回应。她在什么地方？

船还在那儿，依然那么蓝、那么大。我向它游过去。"肖娜？"我不太确定地又喊了一声。

我沿着船边继续往前游，朝船头游去，回到我最后一次见到肖娜的地方。我看到一排大舷窗沿着船体点缀着。当我经过舷窗时，我朝里面瞥了一眼。每个舷窗看进去都是一个小船舱，但船舱都是空的。

我游到一半的时候，经过了一个很小的船舱。

我依旧一边游，一边往里面瞥了一眼，想象着它和其他船舱一样，也是又黑又空。然而这次我所看到的使我猛地往后一跃，我的头就像撞到了一块石头上。

一个女人！当我往里看时，她径直游到舷窗边，开始用手敲玻璃。她的头发又长又红，非常凌乱。她的眼睛是绿色的，睁得大大的。她用拳头猛击窗户。她是谁？她是真实存在的吗？一个幽灵？一条美人鱼？到底是什么？

那个女人用力地敲打着玻璃。虽然她的拳头没有弄出一点儿声音，但她动作的紧迫性和她脸上的表情告诉我，她需要帮助！可是我能为她做什么呢？

她的嘴巴拼命地说着什么，但我听不清她在说什么。她好像在说，"我所有的天气"或者"我是赢家"。这到底是什么意思呢？

我盯着她，朝她摇了摇头。"我不知道你在说什么！"我对她喊道。

她同样朝我喊，看上去像是在说"高兴！快乐！"，但她肯定不是想说这些！她看上去非常不开心。

她继续重复着同样的话——一次比一次急促。然后我突然意识到她一遍又一遍说的根本不是"高兴！快乐！"。

是"救命啊！救救我们！"。

我无能为力地盯着那个女人，感到非常恐慌。我怎样才能帮助他们呢？他们是谁？他们从哪里来？

我满怀疑惑。我回头望着她，我的脸映在她旁边舷窗的玻璃上，看上去和她一样惊慌失措。

就在我不知所措的时候，事情开始发生了变化。水又开始流动了，有东西从我身边掠过。羽毛般的长发遮住了我的脸，挡住了我的眼睛。我把它拿开，但它又挡住了我的脸，然后爬到了我的身体上，我的尾巴上。一只胳膊抓住了我的腰，把我往下拉，好像要将我拖走，同时，有一根冰冷的手指刺穿了我的身体。

"不！拜托，不要！"

我闭上眼睛尖叫起来。

那双手还在我身上，抓住我的胳膊肘，摇晃着我。

"爱美丽！"

我紧紧地闭着眼睛。我不打算看，也不想看。一定是海怪，是尼普顿派来绑架我的海怪。以前也经历过，我不能再面对这种事了。

"爱美丽!"

等等!我知道那个声音,我慢慢睁开眼睛。我睁开眼睛的时候,确认了三件事。它们一个接一个慢慢地出现在我脑子里。

第一件:叫我名字的那个人是肖娜。

第二件:抓住我的手和我以为的海怪实际上是一串长长的海草,不知怎么的,我被海草缠住了。

第三件:那艘巨大的、神秘的、一动不动的船——刚才那艘几乎能把整个山谷都填满的大船——已经消失不见了。

第七章

好朋友保守秘密

"什么……这是什么地方……这是在哪里？"我结结巴巴地说。

"什么在哪里？"肖娜回应道，"嗯……你还好吗？"

我看着她，没头没脑地支吾道："我还好吗？"

"你浑身在发抖。"

肖娜说得没错，我伸出一只胳膊，我的手像只无脊椎的水母一样无力地摇晃着。我开口说道："我……那艘船呢？船去哪里了？"

肖娜怔怔地看着我："什么船？"

我突然大笑，也许是太过紧张的缘故："就是那艘无比巨大的豪华游轮啊！"

肖娜摇摇头："嗯……说实话，我不知道你在说些什么。我一直都待在这儿，我敢向你保证，我没有看见任何船。"

我沉默了一会儿，努力让自己冷静下来。

肖娜继续说："其实吧，我确实想要问问你刚才到底发生了什么。"

"你什么意思？"

"就是……感觉你有点儿滑稽。"

"滑稽？"

肖娜耸耸肩说："是啊，你看嘛，你好像在那儿但又好像不在那儿。你自己一个人在那儿游来游去，就好像在寻找什么。"她接着说："你突然从水下冲上来，所以我才跟着你啊！我跟在你后面但你一直不看我，只是目不转睛地、呆呆地看着什么。我叫你，你也像是没听见一样。"

"你一直跟着我？"

"是的，我还……"

我坚定地说道："那你就一定看见过那艘船！"我用手指了指我们前面的那片空地："它刚刚就停在那儿！你肯定能看到方圆几英里内唯一的庞然大物，它上面还有三个桅杆，一张破帆和……"

我停下来不说了。肖娜用一种奇怪的表情看着我，那表情似乎在对我说，我真的觉得这个人需要一些帮助，可我却不够专业，无能为力。

我不再做任何解释，直截了当地说："你没看见那艘船，我再说下去也没有什么意义！"

"真的没有船。"肖娜坚持道。

我点点头，让自己不再想这件怪事。有些事，它就在那个时刻发生过，随着我们长大，自然就会明白是怎么回事。

接着肖娜温和地说："我没看见船，可能是我疏忽了，所以没看到。我想我早该换一种角度来看这件事了。"

我大笑，这么大的东西你怎么会错过。"听着，"我接着说，"告诉我，你是我最好的朋友，对不对？"

"当然了，我是啊！"

"那你会相信我，对吧？"

"我永远相信你。"

"好，我知道这没道理，但是，请相信我，确实有一艘船，那艘船就在那儿，是我亲眼所见的。我知道我说的这些没什么道理可言，而且我也不知道你怎么会看不到那艘船，但我发誓，我真的看见了。"

肖娜静静地注视着我，过了一会儿她说："我相信你，你说得对，这确实没道理，也不可能。但我知道你不是随意编造故事的人，你以前从来没有这样过！我相信，你确实看见了一些奇怪的、让你害怕的东西，我保证我什么都没看见，但我相信你看见了。"

我看着她笑了笑。"谢谢你。"我说。我现在可能完全崩溃了,但至少肖娜会让我安心一点儿。

紧接着我突然想起来还有一个人:亚伦!至少……还有亚伦也看见过那艘船,不是吗?他不会是为哄我高兴而假装看见那艘船的吧?我一定要弄清楚。

我开始往回游。我说:"我们一起去桑迪湾吧,照这样下去,我们肯定会是最后到那儿的一组。"

我们往回游的时候,有一个想法总是萦绕在我脑海里,推动我不断前进:亚伦是唯一可以告诉我,我究竟有没有发疯的人。

普拉特老师坐在海边的沙滩上,笑着环视着我们:"干得不错,孩子们,你们都做得很好。"我想知道她那超级灿烂的笑容是否与她和芬斯普勒老师的"互相了解"有关。

布莱特港的孩子们也坐在沙滩上。西普罗克学校的小人鱼们大多会躺在水边的阴凉处,将头倚在手肘上,并且在波浪中轻拍他们的尾巴。

离开水,上了岸,我的尾巴慢慢消失了,双腿又重新出现。我不安地坐在沙滩上,把脚泡在水里,任凭波浪拍打着双脚。

"你们谁想来给大家讲讲,在这次任务中自己都学到了什么?"普拉特老师问道。

西普罗克学校的一个小女孩儿举起了手。

芬斯普勒老师朝她点了点头："伊泽拉，感谢你的分享，你和谁一组啊？"

"布鲁克。"她答道。

"棒极了，你们两个为什么不一起给我们讲呢？"普拉特老师笑着说，"来给我们讲讲你们在对方的世界都学到了什么，再讲讲关于五湾岛的事情。"

我听了每个小组讲述他们了解的事，轮到我们小组分享时，肖娜激动地讲起我们是如何发现了她从未见过的各种海藻。我欣慰地笑了笑。

但我并没有全身心地投入分享会，我的另一半大脑不停地在想那艘船。亚伦就坐在我的旁边。不出所料，我和肖娜确实是最后返回的一组，所以我还没来得及和亚伦说起这件事。曼迪坐在我的另一边。

"我们对大家的第一次合作任务感到十分满意，我想接下来的一周我们会过得很愉快。"芬斯普勒老师接着说，"现在所有的小组都分享完了，天色也不早了，我们尽快去用餐吧。但是，在此之前，沃特斯先生将把明天的任务和你们交代一下。"

莱尔清了清嗓子说："叫我莱尔就行。"

芬斯普勒老师漫不经心地点头。"好的，莱尔。"他尴尬地说，"大家认真听，莱尔会告诉我们接下来要做什么。"

莱尔从口袋掏出一张纸，打开并读了起来："好，明天的任务是……现在让我们来看看……明天是周一……"他低头看着纸小声咕哝着。

曼迪抱怨道："他都没费心思准备。"

"呃，对，我们在说，明天……"莱尔停下来，清了清嗓子。他抬头看了我们所有人一眼，张着嘴的样子就好似鱼儿默默张开嘴奋力吸氧。

接着他垂下头，有些局促不安地咽了一口唾沫，然后又看了看那张纸。

曼迪小声在我耳边低语："他怎么了？"

我耸耸肩："我也不知道，可能他不识字？"

曼迪又说："也可能因为他没戴眼镜吧。"

莱尔再次开口："不好意思，就像我说的，明天的活动是……"他又停下来，顿了顿说："是……嗯……是浅滩和海难。"

我感到后背阵阵发冷。

"嗯……这座岛吧，大家也都知道，它被暗礁和岩石环绕着，而且坐落在最美的、变化多端的海域。"莱尔接着说道，他的声音很机械，有点儿像机器的录音，不像人的声音。他的语调沉闷："这也解释了在我们生活的这片海，为什么这座岛最负盛名，因为它资源丰富，同时也是研究海洋和矿物资源的理想场所。"

莱尔再次停顿，他用手揩了揩额头的汗。他到底怎么了？他可能生病了。

他接着说："但还有一点，那就是这座岛同时也是海洋中最危险的区域，只有航海技术非常熟练和经验丰富的人，才能够在这片海域航行。"

莱尔又顿了一下——是为了戏剧效果吗？然后他声音更小了，小到我们必须要将身子前倾才能听见他说话。他继续说："这就是比起其他海域，我们这个地区有更多海难的原因。"

当他说这句话时，事情似乎发生了变化。是因为我？还是因为空气变得更安静、更稀薄、更难以呼吸？

他的话在我脑中回荡，扰乱着我的思绪，"我看到的是海难吗？是这样吗？"

莱尔还在说："那么，明天，你们将研究其中一些沉船的残骸。西普罗克团队将得到一张地图，它将带领队员们自行追踪沉船的痕迹。明天上午，布莱特港团队将和我一起到瞭望塔。我在那里将会为你们做一个相关介绍，你们可以研究一系列介绍海难的图书、地图和照片。明天下午，我们一起来交流。"莱尔抬头看了看我们，问："还有什么问题吗？"

我盯着他，心里想着："我能说吗？我应该说吗？这件事能等到明天吗？"

在我的大脑还没有对我脑海中的问题做出决定之前，我的手已经下定决心，高高举起。

普拉特老师看着我说："爱美丽，你有什么问题想问莱尔？"

我吞吞吐吐，不确定是应该听从大脑还是顺从举起的手。很显然，后者更胜一筹，我问道："有没有沉船，是完好无损的那种？"

莱尔看着我，皱了皱眉头："我不太明白，你到底想说什么呢？"

我倒吸了一口气才回答："我是说，就是说，会不会有些东西看起来更像是船而不是残骸？"

莱尔点点头："会啊，各种各样的残骸都有，有些只是一个生锈的，覆盖着藻类的发动机；还有的几乎是整艘船。你甚至可以想象，如果没有装满水，它们可以起航回家。"

"有很大的船吗？"我问道，发出的声音沙哑而低沉。

莱尔看着我，厉声喝问："什么样的？"

"高高大大的那种，比如说，它可能有三根桅杆——非常高的木制桅杆，上面有脏兮兮的破帆；有长长的、闪闪发光的前甲板，也许还略高于水面。嗯，有任何类似这样的船吗？"

我在做什么？我在说什么？所有人都转过头来盯着我看，就连亚伦也看着我，好像我曾经疯了一般地冲出悬崖，跳进海里看见它了。

在这紧张的氛围里，莱尔又盯着我看了一秒，然后他鼻子喘着粗气，厉声喝道："没有，没见过这样的！"

我还没来得及再问，他就转过身去，又对大家讲话了："好了，问题都问完了，明天见。"说罢，他转身离开，留下我们注视着他的背影，想知道究竟发生了什么。

　　普拉特老师是第一个回过神来的，她拍手以引起大家的注意："好了，孩子们，你们都听到莱尔说的话了。明天早上，我们9点整在这里碰头，去看看浅滩和海难。现在，布莱特港队，和我一起回旅馆，我们收拾收拾去吃晚饭吧。"

　　我站起来，看着西普罗克队，他们围着芬斯普勒老师。他们转身时，肖娜在水里向我挥手。

　　"明天早上见。"我说。她笑了笑，然后和西普罗克学校其他孩子一起转身潜入海中。

　　我和其他人一起回旅馆，尽量不去想刚刚一小时里发生的那些奇怪的事情。在某种程度上，这一切都是有意义的。

　　我与亚伦还有曼迪并排走着。

　　亚伦说："浅滩和海难，嗯？听起来这一周会变得非常有趣啊！"

　　"嗯。"我无精打采地说着。

　　"你怎么了？"曼迪问，"你觉得这听起来不怎么样？"

　　我说："不，确实挺好的……"

　　曼迪紧接着说："但是呢？"

　　我耸耸肩："我也不知道。"

　　亚伦轻轻推了我一下："不，你知道。我了解你。拜托，到底怎么了？那些奇怪的问题是关于什么的？"

　　"更别说莱尔奇怪的回答了。"曼迪补充道，"你看到他了吗？他整个人完全把自己封闭了起来。"

我停下脚步，他们也停了下来。"听着，稍等一会儿，等这几个人离开了，我就告诉你们。"我低声说。

我们等其他人从我们身边经过后，又开始慢慢地走。

"我能相信你们吗？"我问道，一边走一边看看曼迪，又看看亚伦。

亚伦脱口而出："你当然可以！我们都一起经历过那么多事了，你怎么还会问出这种话。……"

曼迪打断了他，说："她没问你，她在问我呢。"

我没说话。

这时，我们仁都停下来，退了几步。曼迪拉着我的胳膊说道："爱美丽，你看着我。"

我看着她。

"我这辈子碰到的最好的事就是能和你再次成为朋友，还认识了你的新朋友，是吧？"她说着向亚伦点了点头。

我盯着她的眼睛看了一会儿，想知道她是不是在开玩笑。这是提醒我的最好方式，提醒我："你是一个经常失败的人。"自从我们闹翻了以后，我会不自觉地幻想她会对我说什么刻薄讽刺的话。这是我和她结下"不共戴天的旧恨"时遗留下来的习惯。

曼迪大声说道："没有开玩笑！"她怎么能猜到我在想什么？还猜得这么准，这着实吓到我了。

我们一边走，曼迪一边说道："我的意思是，这几个月……"她笑着摇摇头："好吧，这样说有点儿傻，但真的挺酷。"

我笑了。听到曼迪用这个词就像在一个熟鸡蛋上淋上冰淇淋的感觉。尽管不太恰当，但我还是喜欢这个比喻。

亚伦紧接着说："我想，她想说的是你可以信任她。"

曼迪笑道："对，我就是这个意思。你最好把需要说的事都说出来，因为我们马上要到旅馆了。所以，说吧！"

我说："好吧！如果你们能接受这些怪事，我就告诉你们。"

他们都在听我说海里发生的事情。

我一说完，曼迪就问："你说你觉得你看到的是海难船。听起来更像幽灵船，特别是船上那个可怕的女人，感觉好恐怖！"

"我知道。我也不知道为什么会问莱尔关于那艘沉船的事。我想我只是急于找到一种合理的方式来看待这件事，这样我才不会感觉自己是个能看到某些事的怪人。"

亚伦说："你不是怪人，如果你是怪人的话，那我也成怪人了。"

曼迪挠了挠头："啊？为什么？"

"因为我也看到那艘船了。"亚伦说。

曼迪转向我："我记得你说过当时你和肖娜在一起。"

"我当时是和她在一起。"

亚伦说："我不是说这次，我之前就看到了，我们是一起看到的。"

"你真看见了吗？你该不会是假装说看见了，好让我好受点儿吧？"我追问道。

"什么？我为什么要这样做？我真看到了。一艘大船，三根大桅杆，还有破烂的船帆。真的，我看见了。"

我深吸一口气，感觉像憋了一小时气一样。

曼迪问道："你确定是同一艘船？"

我点了点头："和我看到的那艘完全一样，连消失的方式都是一样的。我看了那艘船一会儿，大概 10 分钟，最多 15 分钟的样子，然后一眨眼就消失了。"

曼迪说："一定是艘幽灵船，除此之外别无解释。太酷了吧，希望它还会回来。"

想到这儿，我咬了咬嘴唇："嗯，就是这样。但即使它回来了，你能不能看见，我也不太清楚。"

她附和道："对啊，我们那时候可能在睡觉，也可能在岛的另一端。"

"不，不仅如此。听着，我当时就和肖娜在一起，她就在那儿，但她看不见那艘船。没人看到过。"我说。

亚伦提醒道："除了我。"

"的确如此，只有我们俩看到了。就像现在，我跟大家说我看到了。你不觉得，如果他们有人也发现了那艘船，他们不会说点儿什么吗？"

曼迪轻轻吹了声口哨，说："你的意思是只有你们两个能看到。"

我耸了耸肩膀，承认道："我也不知道。"

亚伦说："但现在看起来就是那样。"

然后我们都不再说话了，静静地走了一会儿。我们快到旅馆时，其他人都已经进去了。

曼迪在门口停了下来，说："听着，这是我们之间的秘密。如果我们到处跟别人说我们看到了一艘莫名消失的幽灵船，他们一定会狠狠地嘲笑我们。你知道……他们是……什么样的人。"

我知道曼迪的意思。她是说我知道我们没和好前，她是什么样子。她说得对。我不想让别人觉得我是个怪人。

我说："同意，这是我们还有肖娜之间的秘密，她已经是我们中的一员了。"

"还有塞思。"亚伦又说道。

我看着他说："你确定吗？他是尼普顿的顾问。"

亚伦点头道："当然。他不会告诉尼普顿的。因为我们是朋友，所以他应该和我们一起，并且他是你能遇到的最忠诚最值得信赖的人。"

不得不承认，亚伦说得对。塞思去年把我们从尼普顿的邪恶的双胞胎弟弟那里解救出来，也许他还能帮我们救船上的那个女人。

亚伦含含糊糊地说道："我觉得他是我最好的朋友。"亚伦每次一害羞都会这样说话，真是太可爱了，这让我很想亲他，但我肯定不能当着曼迪的面亲他。

我说："好，除了肖娜、塞思还有我们，不能告诉其他人。"我让自己不再去想亲亚伦的事。

"我同意。"曼迪和亚伦异口同声地说。

亚伦继续说："明天我们在瞭望塔学习海难知识时，要找出并调查沉船的所有信息，包括相关图片和物品。"

曼迪扮了个鬼脸，说："我会看见一双漂亮的鞋子。"一瞬间感觉以前的曼迪回来了。

我说："听着，如果你不愿意的话……"

曼迪一下打断了我的话："不，挺好的。其他人爱怎么想就怎么想，我们是一起的。"

我们回到旅馆，准备吃晚饭，我努力从曼迪的话中寻找安慰。我决定，只要我的好朋友们在我身边，谁也吓唬不到我。就算是一艘挂着破帆，载有无声尖叫的乘客，然后凭空消失的大幽灵船也吓唬不到我。

我的意思是，有什么可怕的呢？

第八章

红发女人身份之谜

  "对了，孩子们，因为这里空间狭窄，所以你们得小心点儿。"那是星期一的早晨，普拉特老师正在维持秩序。我们在山上有条不紊地排队，准备轮流进入瞭望塔，参加浅滩和海难探索活动。

  "大家三人一组，先在一楼一起参观，由莱尔给你们讲解。参观完后，可以上观景台观景。轮到你之前，可以看看瞭望塔四周。这里有很多东西可以看。请务必小心，远离悬崖边。"普拉特老师说道。

  我站在那儿看海，亚伦朝我走了过来。

"真希望我们已经上过这个课了。出去参观真正的沉船比在这儿读有关沉船的故事要好得多。"他说。

我说:"我也觉得。"但是昨天经历了那样的事情,我其实特别庆幸不用近距离观察水下沉船。

亚伦靠了过来,压低了声音说:"说实话,我不太介意。"

"不吗?怎么会呢?"

他踢了踢脚边的石头,说:"嗯,你知道的……"

我转向他说:"我知道什么?"

亚伦又踢了脚石头,这次直接把石头踢到山坡上了。他看着我说:"我,嗯……"

这时,曼迪在瞭望塔上叫我们:"朋友们,上来了!"

亚伦指了指曼迪,又指了指我说:"我可以和我的好朋友一起玩了。来吧,我们走。"

说完,他转身走开,又一次留下我一个人在那儿沉思:他到底想告诉我什么呢?如果他想说的是他并没有把我当作女朋友,只是好朋友而已,还好他没说出口。

我们在瞭望塔门口和曼迪会合。我们刚进去,曼迪就提醒道:"我们要找到所有与幽灵船相关的有用的信息。"

亚伦说:"对了,别忘了,听莱尔说完后,我们可以到楼上观景台看看。"

"希望能找出点儿什么吧。这或许是我们最好的机会。"我轻声地说着,交叉着手指。

在我们的右边有一扇门，上面写着"闲人免进"。莱尔正坐在对面的一间办公室里。

他正在整理桌上的文件，头都没抬，说道："进来吧，大家都随意些。给我两分钟，我要给你们讲一些沉船的历史，这些船都在我们岛周边触礁沉没了。"

当他整理完文件后，我们走进他的办公室，默默地站在桌前。

"整理好了，不好意思让你们久等了。"他说。当他看向我们的时候，表情有一些变化。准确地说，当他看向我时，表情发生了变化。他的脸部肌肉突然抽搐，脸色也变得暗沉。

他说："哦，是你。"他立马站起来，走到门口，向门两边分别看了看，然后轻轻地把门关上，回到屋里。

他示意我们坐在办公室角落的小凳子上，然后把自己的椅子从办公桌边拉了过来，和我们围成一圈，坐在一起。他说："我们得快点儿了，下一组快上来了。"然后莱尔指着我说："你叫什么名字？"

"我吗？"我做错什么了吗？

"对，就是你，你叫什么名字？"

"我叫爱美丽。"

莱尔猛地点了点头说："好的，爱美丽，他俩是你朋友吗？"

"是的。"

"你信任他们吗？"他问。

我看了看两边的亚伦和曼迪说："当然。但我不知道你为什么问这些问题，你不是要给我们讲解沉船的历史吗？"

莱尔不理会我的问题，继续说："其他组是讲解这些，你们组不是，你们组不一样。"

我咽了口唾沫问道："是我做错什么了吗？"他是不是发现之前我和亚伦一起跑开了？他会不会告诉老师？我难道就不能有一个星期不给自己惹上这样或那样的麻烦吗？

"不！不，不，恰恰相反。听着，我们没多少时间了。把你知道的都告诉我。"

我们都盯着他。他在说什么？

亚伦问："告诉你什么？"

莱尔直直地盯着我："那……那艘船。"说到这儿，他的声音变得嘶哑。

我问："船？什么船？"我试着拖延时间。他是在诈我吗？他想干什么？难道是想让我说些不可能发生的事情，这样他就可以说我是多么疯狂了吗？

莱尔凝视着我："你看到的那艘船，你在大家面前提起的那艘。给我描述一下它，我想知道每个细节。"

那一刻，我脑海中浮现出那艘船，想起我在它周围游过的情景——船身、甲板、船帆，还有那个女人。

"我……"我开始说。可是从哪儿说起呢？而且我能说吗？

我的意思是，我们都说好了，不会告诉其他人。

"你为什么想知道？"亚伦插了一句。太好了！这里需要有人打破僵局，显然不需要我做决定了。

莱尔看了亚伦一眼。他尖刻地回答道："做研究。我们要给所有来过这里的船只做记录。"他说这些话的语气，听起来就像船甲板一样生硬。

我们不知道为什么能看到那艘船，亚伦和我是唯一能看到那艘船的两个人，这让我们变得很有价值。除非我们了解莱尔的动机，否则谁知道我们对他会有什么价值？以前尼普顿之所以监视我、欺骗我，甚至绑架我，都是因为我是半人鱼，我有利用价值。我不会让这种事情再次发生。

再说了，我们第一次碰巧看到这艘船的那片岛屿，老师早就说过不能去，那里是禁区。我怎么可能心甘情愿地承认自己曾越界，让自己惹上麻烦呢？

"她什么都没有看到。"亚伦对着莱尔斩钉截铁地说。他身子靠着我，然后，直勾勾地盯着我说："你只是在胡闹，对吗？"

我还没来得及回答，曼迪就抢着说："是我们让她这样做的。"她发出一串笑声，接着说道："没错，爱美丽的确喜欢讲故事，每个老师都说她想象力丰富。"然后，她转身对我说："爱美丽，是这样吧？"

她确实说中了。"是的，他们说得没错。"我肯定地说道。

亚伦插嘴道："所以我们昨天说她必须问一个问题，她就充分发挥了想象力问了这个问题。我们只是觉得有趣儿，为逗大家乐一乐。"

我不是百分之百知道曼迪和亚伦的打算，但是我知道他们这样做是为了保护我。我突然如释重负，十分感激他们。

我看到莱尔面色如土，他眼前仿佛有一扇门关上了。"觉得有趣儿！"他慢慢地点点头，嗓音沙哑地说，"好玩儿？乐一乐？"

他缓缓地站起来，走到门口，旋动了门把手，打开门说："你们现在可以离开了。"

什么？我们还没待几分钟就要出去了？我们三个面面相觑，不知道该怎么办。

莱尔开口说："不好意思，我今天身体不舒服，我想……"他的声音断断续续。"我想……"他清了清嗓子，"麻烦你们告诉普拉特老师，我十分欢迎大家来参观观景台，想待多久都行，但今天我不想再讲解了。"

他的语气十分坚定，没有商量的余地。我们尴尬地站起来，拖着脚步朝他那间小办公室的门口走去。莱尔紧紧握着把手站在门口，眼睛看着地板。有那么一瞬间，看着他站在那里的样子，我想收回我们之前说的话，告诉他真相。

他抬起了头，他的目光和我的目光相遇，然后说："请吧。"

我很想告诉他真相，但是理智告诉我不能这样做，至少现在不是时候。他现在最需要的是独自静一静。事实上，我也一样。这一切对我来说太奇怪了，我很庆幸我们出去可以留他一个人静静。于是我加快脚步离开他的办公室。

又过了四五秒，我本该已经离开这个房间，本来一切都挺好的，但我朝对面扫了一眼。

如果我从桌子的另一边绕过去走出办公室，后面所有的事情我都不会知道。

可是我并没有这么做。

我绕着莱尔的书桌走了一圈，瞥了眼相框里的一张照片——我完全呆住了。

照片中的女人，我最近见过。自从我见到她那天开始，那张脸就深深地印在了我的脑海里。

这毫无道理，这不可能是真的。但事实的确如此！

那个有着绿色大眼睛和乱蓬蓬的红色头发的女人，那个我在那艘消失的幽灵船里看见的发出尖叫声的女人，此刻正在莱尔的办公桌上一张带相框的照片中对我粲然一笑。

第九章

调查繁荣二号

我跟跄着走出了办公室。

曼迪低声说道："真是个怪人。"

亚伦回答道："我们上楼去看看，说不定能找到一些线索。我先去告诉普拉特老师，大家今天不用去见莱尔了，我们一会儿在楼上会合。"

我恍恍惚惚地跟着曼迪上楼。

我们走到观景台的时候，亚伦对我说："爱美丽，你还好吗？"

曼迪关切地问道："你的脸色看起来不太好，不舒服吗？"

我自己也不知道这是怎么了，也许是出现幻觉了。不管怎么样，我觉得我得跟大家讲讲我刚才看见的东西。

"我刚才看见桌子上有一张照片。"我的声音有些颤抖，还有点儿沙哑。

亚伦看着我的眼睛，点了点头。"我没看见。"他说，"什么照片？这张照片有什么不对劲的地方，让你心烦意乱吗？"

我答道："不。嗯，是的，照片上有一个女人。"

曼迪说："哦，我刚才进去的时候也看到了，她的红头发很长，眼睛笑眯眯的，很漂亮，对吗？"

我说："是的，就是她。"

他们都在等着我继续说下去，我咕哝着："我之前看到过她。在海上的那艘船里。"

曼迪吃惊地张大了嘴巴。

亚伦说："你在开玩笑吧？"

"没开玩笑！我的意思是，我可能记错了。"

曼迪说："但是你肯定没有记错，对吧？"

我摇了摇头，说："我确定那就是她。"

亚伦吹了声口哨。"真是奇怪。"他喃喃道。

我被他的话激怒了，他刚才竟然说"真是奇怪"。

"不是说你！"他赶紧补充道，"他，她，还有这个地方都很怪。这里究竟发生了什么？"

我耸了耸肩，我也不知道当时这里发生了什么。

曼迪打破了沉默，她站在通往观景台的门口，说："看，我们现在在最佳的位置，如果这座岛的附近有一艘幽灵船，我们一定能观测到，从瞭望塔的窗户望出去，可以清楚地看到周围的一草一木。"

"如果发现了幽灵船的蛛丝马迹，不管怎样我们都能找到它。莱尔告诉我这里有各种图书和地图。"亚伦补充说。

我说："我们在这儿应该可以找到想要的东西。"

曼迪补充："今天我们找不到不罢休！"

亚伦带路，说："好的，我们开始吧。"

半小时之后，我们用房间里所有的双筒望远镜从最近的海岸一直搜寻到尽头，一无所获。那艘船肯定不在这里。

我们避开了标签为"动植物""漂浮物和喷射物""蝴蝶和虫子"的文件夹，快速地翻阅了"珊瑚礁和残骸"文件夹，发现这些文件夹对我们来说毫无用处。

终于，我们找到了想要的信息。第三层文件夹上标有"船只、沉船和地标"。

曼迪轻声说道："太好了！"

亚伦拿出三个文件夹，铺在桌子上，说："来吧，我们开始工作。"

我们旁若无人地浏览这些文件。大多数情况下，同学们会直奔望远镜，眺望大海一段时间，然后拿着望远镜和对讲机看看，玩腻了之后就会离开。

曼迪在整理一个新文件夹，突然，她推了我一下，叫道：
"爱美丽……"

她正在看一个标题为"近年来到访过我们海岸的一些船只"
的文件，我抬头问："怎么了？"

她问："那艘船是什么样子的？"

我说道："那艘船又宽又长。船身是深蓝色的，有三根
桅杆。"

曼迪把她找到的图片举起来给我看了一下，说："是像这样
的船吗？"

简直一模一样，我惊讶得说不出话。

亚伦抬头瞥了一眼，他看到我的脸色不对，来到我的身边，
说："就是这艘，对吗？"

我伸手去拿文件夹，说道："让我看看。"

曼迪把它递给我。这一页上有三张照片，我一张一张地看。
第一张照片是从远处拍的船的样子，你可以看到船首的斜桅向
前突出，后面还有三根高高的桅杆。我看不见船帆，因为它们
都被卷起来包住了。但是我看得出来，这就是那艘船。

第二张照片是一个更近的侧视图——一个长长的、深蓝色
的流线型的船身，船帆还是收起来的。看起来比我见到的那些
像破布一样的船帆要整洁得多，其余的东西看起来都差不多。

我正要说肯定是这艘船，可是当我瞥了一眼第三张照片时，
我突然不那么确定了。这张照片是船身前部的细节照片。船帆

变成了吊床一样的网状，美人鱼和龙头雕像看起来很恐怖，只是船身正面的刻字有些不同。在这张照片上，我可以清楚地看到船的名字：繁荣号。与那艘船是同一个名字吗？听起来好熟悉，但并不一样，这两艘船有什么不同吗？

在照片下面，有一篇报纸文章的摘录。写着以下一段文字：

繁荣号建于1857年。这艘船是在帆船黄金时代建造的船只，目的是打造一艘高效的商业帆船。繁荣号运送人、货物和邮件长达40年，最终毁灭于1893年。

我读不下去了，双眼呆滞无神。

亚伦喃喃地说："它最后变成残骸毁灭了吗？"

曼迪回答："所以说，那是一艘幽灵船，我知道我之前只是开玩笑，但我没想到……"

"等一下！"我让他们都别说话了，"看看这个！"

报纸的下面还有一张纸，写着以下文字：

为了纪念繁荣号毁灭一百年，1993年建造了它的复制品。繁荣二号这艘船是一艘大型豪华载人客轮，它也会运载一些特殊的货物。

繁荣二号就是我见过的那艘船的名字！

我指着文件上那些开始在我眼前游动的文字说："这就是我看到的那艘船。"

亚伦问："你确定吗？"

我点了点头，说："我确定。它的船身上就印着这个名字，而且它们看起来一模一样。"

"所以我们找到那艘船了！"曼迪惊呼。

我笑着说："是的。"

亚伦摸着下巴说："不好说，我们来推理一下。"

我不禁大笑："用逻辑推理？我们怎么能对这些事情进行逻辑推理呢？"

"好吧，我们看看事实。如果繁荣二号真的是你见到的那艘船……"

我十分坚定地说："当然是我见到的那艘船。"

"但它不是船体残骸。"

曼迪插话："除非那个复制品也被毁灭了。"

亚伦歪了一下头，皱了皱眉头，说道："是的，我想也是。"

"但那不大可能。"曼迪又翻了几页说，"如果真被毁灭了的话，它肯定会在纸条上重点说明，但是这些文件夹看起来没有后续记录了。"

"好吧，那么让我们假设繁荣二号和繁荣号没有相同的遭遇。"

我说："那么我看到的那艘船不是沉船，也不是幽灵船。"

亚伦点点头："没错。"

曼迪问道："所以它到底是什么？"

我看着她说："我觉得这才是我们应该去探索的。"

亚伦环视了一下这个房间，说："我们需要一台电脑来搜索一下繁荣二号，搜索网站上肯定能找到一些信息。"

"没错，"曼迪附和道，"我简直不能想象这么大的岛上竟然没有网络信号，我已经试过无数次了。"

"等一下，"我有办法了，我说，"我知道哪里有电脑，只有一台，或许可以连接到网络。"

亚伦："在哪里呢？"

我说："就在莱尔的办公室。"

曼迪眼睛放光，惊呼："是的，那台电脑是有网络连接的，我想起来调制器上连着一根电线，我还想怎么这么奇怪呀！原来是为了上网，这可能是整座岛上唯一可以上网的地方了。"

亚伦说："太棒了！我们只需要回到刚才的办公室。"

我说："嗯，考虑到我们刚刚见面的情形，这个任务并没有那么简单。"

"什么意思？你是说他把我们赶出了办公室，然后把自己锁在那里，一整天都不和别人说话吗？"亚伦问，"你认为现在不是我们回去请他帮忙的最佳时机吗？"

我开玩笑地打了他一拳，说："也许不是，无论如何，我们得分散他的注意力，把他带出办公室，这样就可以偷偷地用他的电脑。"

曼迪往窗外看了看，说："等一下，我有办法了。"

我们在外面等了好久。我心想，曼迪费了好大劲儿才和莱尔说上话，更别说离开办公室了。但是亚伦和我从楼上看着莱尔和曼迪离开了瞭望塔。

亚伦突然喊道："太好了，她做到了！快看！"

我瞥了一眼窗外，正好看见曼迪领着莱尔沿着悬崖走向一丛亮黄色的花。曼迪刚才从窗外看到这些花，她打算向莱尔尽可能多问一些关于花和岛上植物的问题，好让莱尔继续说下去，暂时忘记瞭望塔。这样，我们就可以用他的电脑上网，找到一切关于繁荣二号的信息。

我说："来吧，我们开始行动。"我们急忙来到一楼，看到莱尔办公室的门上标有"私密基地，禁止进入！"的标识，幸运的是，莱尔忘记了锁门，我们偷偷溜了进去。

我跟着亚伦走到莱尔桌子后面的椅子旁，忍不住瞥了一眼相框里的那张照片。我非常肯定我从舷窗见到过她。

亚伦和我坐在莱尔的椅子上，搜索繁荣二号。弹出来的第一个窗口显示着艺术作品的链接：画廊、一座埃及寺庙、三个银行和一段圣经的引述。

"等一下。"我敲击键盘，打了几个字，"一艘叫繁荣二号的沉船"。

"这次比刚才好多了。"亚伦说道。因为网页上有很多沉船的链接。

我低声说："繁荣这个词应该是比较常用的船的名字。"我们点击每个链接，有各种各样的船，其中大多是现代的，但也有一些古老的，可是没有一个像我见过的那艘船。

我建议道："试着搜索图片看看。"

亚伦点击了页面顶部的"图片"标签，我们终于有了进展。图片里大多都是高大的船只，许多看起来都像我见过的那艘船。每一艘我都仔细观察，用鼠标一排一排地往下滚动。

最后，大约在第二十排，我看到了我要找的那艘船。我用手指着屏幕，说："就是这艘！"

"你确定吗？"

"确定。船体上的文字一模一样，那条龙和美人鱼头像很难搞混，就是那艘船。"

亚伦点击图片，出现了更多的照片。照片下面是网页的链接，旁边写着"繁荣度假，直接进入网站"。亚伦点击了链接。

当我们等待页面加载时，我起身向窗外望去。莱尔仍然和曼迪在一起。曼迪指向山坡上的一棵树。莱尔双手插在口袋里，看上去十分不耐烦。我心里期盼，曼迪再坚持一会儿，我们马上就搞定了。

亚伦说："这是一艘客轮。"

"像繁荣二号吗？"

"有一点儿像，那艘船也载货，是吧？"

我试图回想文件夹里的信息，说："是的，应该是的。运输货物，运载乘客。"我转身回到电脑前。

"这艘船是一家度假公司在经营。"亚伦点击了另一个链接，显示了船的日期列表和价格列表，他一边看数字一边吹了声口哨。

我说："从外表上看，这是一家独特的度假公司。"

"我也这么认为。"亚伦说着，点击了"10 月"。然后我们研究了一下日期。"最新的消息显示这艘船每两周启航一次。那上个星期一，也就是一星期前这艘船开启了旅行。"亚伦继续说。

我问："有没有显示它从哪里出发？"

亚伦说："什么信息也看不到。"

我们在这个页面顶端看到了一个矩形条，有一张地图的图片。

亚伦点开图片，有一条弯弯曲曲的红线可能是船的航线。沿着这条线，排列着从 1 到 14 的数字。

"那一定是船每天航行的行程表。"我说。

"所以，上个星期一是第一天。"我跟随那条红线，标出船的旅程。前两天船沿着海岸绕行，接下来的两天都在海上度过。我一直标记到第五天。

我叫道："亚伦。"我的声音沙哑刺耳，听起来像个快要咽气的人。我甚至说不出一个字了，我指了指数字。

"第五天，"亚伦说，"怎么了？"

我拿起鼠标，放大地图。屏幕上是"第五天"所在的区域。红线显示在一座岛的旁边，从照片上看，毫无疑问这是五湾岛的第五座岛屿。

亚伦长长地吸了一口气。他说："就在这里。"

"是的。"我说。

上个星期五有船只驶过五湾岛不足为奇，可奇怪的是，它应该在当天就快速通过并且离开这座岛。

但它为什么不继续航行了呢？现在它为什么不在300英里外的海上？为什么只有我和亚伦能看到？

这些问题一直萦绕在我的脑海里，同时，挥之不去的还有照片上那个女人的面孔和她说的话："救救我们！救救我们！"

我不明白这其中究竟有什么含义，但是我知道一件事……

这艘船应该是被卡住了。在我们想出要怎样把它解救出来之前，我对这次旅行的其他任何事情都不感兴趣。

第十章

制订探险计划

　　"不好！"亚伦拽了一下我的袖子，说道。他已经站起来了，正往窗外看。"莱尔回来了。我们得离开了！"亚伦催促道。

　　我立刻回过神来。

　　"快，关掉网页，我们走！"亚伦说。我把所有浏览过的页面，挨个点了"关闭"，并祈祷莱尔不会检查浏览记录，也不会发现有人动过他的电脑。

　　亚伦守在门口，盯着外面。"搞定了吗？"他小声问，"我们得赶在他回办公室之前上楼去。如果我们现在走出去太明显了。"

我们冲出办公室刚爬上旋转楼梯，就看到莱尔回到楼里进了办公室，然后关上了门。

他办公室的门一关上，我便松了口气，感到双膝发软。

"你还好吗？"亚伦问我。

我耸了耸肩。我不知道自己现在情况怎样，我没有时间思考这些。这时，有人走了上来。

"你们在这儿啊！"曼迪说，"发现什么了吗？"

"噢，是的，"亚伦说，"我们有一些发现！"

曼迪示意我们下楼："太棒了！去吃午饭的路上你们给我讲讲。普拉特老师说我们要和西普罗克学校的学生一起去桑迪湾野餐。"

去和大家会合的路上，我和亚伦边走边给曼迪讲了我们新的发现。

我们到了海滩，曼迪问："那我们现在该怎么做呢？"她的话又唤起了我心底的疑问。

"我也不知道。"我如实回答。我们漫步到水边，西普罗克学校的学生们正在往这里赶。"说不定，肖娜或塞思会有主意。"我说。

我们走到浅滩，海浪轻拍着沙滩。"午饭的时候我们会把一切告诉他们俩，"亚伦说，"我们五个人，一定能想出办法的。"

趁着吃午饭和在海浪里玩水的时候，肖娜和塞思听我们讲了事情的全部经过。

得知我们将要开始一场冒险，肖娜一如既往地瞪大了她水汪汪的眼睛。"这周过得比我想象的还刺激。"她低声说道。

我不禁打了个寒战。肖娜没有看到船上的女人，她的脸扭曲而紧绷，眼神充满了恐惧和绝望。

我努力让自己忘掉这个画面，试图去想莱尔办公桌上那个微笑的照片。但这太令我困惑了。这个女人到底是谁呢？

我感觉好像我把这个问题大声讲出来了，曼迪突然脱口而出："你说她会是莱尔的妻子吗？"

大家一起看向曼迪。

"莱尔的妻子。"她继续说，"我的意思是，她就在莱尔办公桌上的相框里。你们不觉得这很有可能吗？"

曼迪说得对。莱尔曾经问过我那艘船的事，而且问的方式很奇怪。

"当他听到我说我什么都没看到时，变得很反常，并且表示不想再跟我们说话了。"我左思右想。

肖娜的双眼放光："当然了！她就是莱尔的妻子！绝对的！"

"就算她是莱尔的妻子，你也知道，这不是个浪漫的爱情故事！"我怒气冲冲地说。

肖娜委屈得像我打了她一样。

"对不起！"我赶忙道歉，"对不起！我只是想……"

"不，该说对不起的是我。"肖娜说，"你说得没错。我被这件神秘的事冲昏了头，你才是那个看到所有可怕的事情的人。我真是傻瓜！"

"你才不是傻瓜。"我说，"还是谢谢你。"

塞思皱着眉，仿佛在苦思冥想："就算她是莱尔的妻子，这个发现也不会给我们带来什么解决办法。如果能带来什么，那也只会是更多的麻烦。"

"没错！"我表示赞同，"我愿意在不惹出更多麻烦的前提下，尽量找到一些解决办法。"

塞思看了看亚伦，又看了看我："好吧，你知道该做些什么，对吧？"

"我……"

曼迪打断了我："她该去找莱尔谈一谈。"

"我吗？"

塞思满意地点点头："只有他能告诉你，照片里的女人是不是他的妻子。"

"如果她是，那么莱尔是唯一可能知道她是怎么上了那艘船的人。"曼迪又说。

他们是对的。

亚伦点了点头。"我会陪你去，"他说，"我们要想好说什么，要认真对待这次谈话。我和你一起去。"

我看了他一会儿。他的神色坚定而严肃。"好，"我答应了，"谢谢你！"

"祝你们好运！"塞思说，"几天后，我会来找你们，看看你们的进度如何。"

"你这是什么意思？"亚伦问。

"很遗憾，公务在身。"塞思回答道。

"塞思已经被叫回去工作了，"肖娜解释道，"只要他一离开，尼普顿就会手忙脚乱。"

"我准备在傍晚涨潮的时候出发。我希望能在周末前回来，但你知道尼普顿的作风，我敢肯定在我走之前，他会有一百件紧急的事情需要我处理。"塞思补充道。

"我们会想你的。"亚伦说。

我还在想莱尔和那艘船的事，塞思的话我只听了一半。不过有些他提到的东西点醒了我。"涨潮是什么时候？"我问道。

"大概快 6 点。怎么了？"塞思回答道。

昨天我在海峡上看到这艘船时已经涨潮了，时间比今天早了一个小时。那么第一次看到它是什么时候？

"亚伦，我们什么时候发现那把椅子的？"我问。

亚伦向我转过身来。"啊？昨天！"他说。

"不，我想问的是，几点？"

他皱起了眉，说："记不清了。那是上午，可能 11 点钟，或者 11 点 30 分？"

我点点头。

"怎么了？"曼迪问我。

"没什么。"我说。真的没什么吗？如果昨天涨潮是 5 点之后，退潮就应该是 6 小时前，差不多就是我和亚伦看到那艘船的时间。这有什么意义吗？潮汐会和我们看到的那艘船有关系吗？如果会，那是否意味着我们今晚在涨潮的时候可能会再次看到它？我想再次看到那艘船吗？

亚伦正用一种关切的眼神看着我。

"你在想什么呢？"肖娜问我。

我耸耸肩："我只是在想……那艘船。我想第二次见到它是涨潮的时候。"

肖娜跳进海里，她的尾巴带起的水花溅到了我的眼睛里。我揉了揉眼睛。

"就是它！"她说，"因为，印象里，我们见面的时间正好是涨潮后，而且我们是最后去海滩的人。所以我觉得我们到那里的时候就是涨潮的时候。"

"这就是为什么你问起我们什么时候找到椅子的。"亚伦说。

"但是如果是在上午，那就不会是涨潮的时间了。"曼迪说。

"对，"塞思赞同曼迪的推测，"不过，那有可能是退潮。"

"没错，"我说，"我想我可能是在退潮和涨潮的时候看到它的，但这对我们搞清楚这件事情并没有什么帮助。"

"可能确实没有，"亚伦承认，"但是我们能找到一些相关的信息总比找不到好。"

我点了点头："是啊，但愿如此。"

"我有个主意。"肖娜说,"我们等塞思要走的时候再见一面。他会在涨潮的时候离开。如果我们的猜测是正确的,那艘船与潮汐有关,你们到时候可能会再次看见那艘船。"

"值得一试,"亚伦说,"或许我们可以和塞思一起游完一段旅程,向着你看到船的方向游去。"

我打了个冷战,感觉像是有条冰冰的海藻擦过我的后背。我想再次近距离看到那艘船吗?我想再次看到那个人,那个女人吗?

话说回来,我真的能对所有的疑问都置之不理吗?

"好吧,这个计划听起来不错。"我最后说。然后我转过身问:"那你呢,曼迪?"

"我会在旅馆给你们打掩护。我们那个时候空闲,如果7点用晚餐的时候你们还没有回来,我会帮你们找个理由挡过去。"

我看着曼迪的眼睛。"谢谢你。"我说。我希望她知道,我感谢她,不仅是因为她帮我们打掩护逃过晚餐。

她看了我一会儿。"嗯,别客气。"她回答。

肖娜说:"午饭后,你们就可以去见莱尔了。"

"这一切意味着,明天早上,无论怎样,我们至少应该对这些神秘的问题有些线索。"亚伦说。

"好啦,孩子们。你们的午饭时间结束了。"普拉特老师站起来,掸掉裙子上的沙子,说,"为了今天下午的活动,我们要组成校际小组。首先,我们希望大家可以分享一下自己今天上午的发现。"

我向其他人笑了笑。好吧，我们已经做过了。说不定我们下午可以休息。

"做完了之后，"普拉特老师接着说，"我们在卵石湾会合，在那里开始对岛上有趣的岩层进行地质研究。"

我下午和朋友们一起玩的幻想破灭了。

"别开玩笑了，"曼迪小声嘀咕，"还有比这更无聊的活动吗？"

普拉特老师好像听到了我们的对话，她补充说："记住，这是一次学校组织的旅行，不是度假。你们到这里不仅是来玩的，也要学习。现在，你们组成小组。这一次，我们希望大家和没有组合过的同学一组。和其他活动一样，这一周我们将会更了解彼此。"她停顿了一下，朝我们所在的方向看了一眼，又继续说："如果你每次活动都和同样的朋友组队，你就很难将两个世界相连。"

"她就是说给我们听的。"曼迪嘟囔道。

"好像就是的，"肖娜也这么想，"那么我们一会儿见。"

"6点钟在深蓝湾和你碰面吧？"我提议道，"曼迪在旅馆替我们打掩护，我们会和塞思一起从那儿游出去。"

"听起来不错。"亚伦表示赞同。

我们为了找新同学交流，解散了原先的小组。告别之后，我和同在一个班级的吉玛，还有来自西普罗克学校的梅林和加布搭档。我忍不住想，我是期待晚些时候再和大家见面呢？还是害怕呢？

那个下午过得出乎意料地快，并不是因为研究小岛的地质层很有趣，而是和新的朋友一起出去让我忘掉了所有奇奇怪怪的事情，让我感觉神清气爽。

这也意味着6点很快就要到了，马上就要再次面对所有问题了。

在我们去深蓝湾的路上，我和亚伦还有曼迪最后一次讨论计划。

"所以，记住，如果你们回来晚了，就说你们的鞋子丢在了桑迪湾，回去找鞋子了。"曼迪说。

"我和她一起去的，这样我就能帮她翻过海滩上的岩石。"亚伦紧跟着说。

我向他做了个"这是认真的吗"的表情。

"怎么了？"亚伦无奈地耸耸肩，摊开双臂，说，"这儿的路不好走，如果你没穿鞋子，肯定需要帮忙。"

我笑了起来，决定还是不要说出我已经可以赤脚在岛上走好长一段路的事实。

"还有，陪你一起我需要个理由。"他坚持说，"但是，我们也有可能按时回来。"

"好，不管怎样，我们就这么办。"我做出让步。

我们到了深蓝湾。曼迪指向大海说："瞧，他们在那儿。"

肖娜和塞思从水里露出头，在海湾中间向我们挥手。

"再见，塞思！"曼迪边说边向他们挥手，"祝你在尼普顿那里一切顺利！"

塞思向曼迪敬了个礼。

肖娜示意我们加入。"15分钟后就涨潮了，"她叫道，"我们最好现在就出发！"

我转向曼迪："感谢你为我们做的一切。"

她挥了挥手："好啦，我回旅馆了。再见。注意安全，知道吗？"

"我们会的。"我答应她。

我们把鞋子放在岩石后面。我们之前早已把泳衣穿在了日常衣服里面。

"准备好了吗？"走到海湾边缘准备跳水的时候，亚伦问我。

我的肚子确实痉挛了一下。是的，这太可怕了！是的，关于那艘船的疑问远比船上的舷窗要多。是的，那个神秘的女人，自从我见到她之后，就一直萦绕在我的脑海里。

可是，这是一场探险。无论发生什么，我都敢保证，它会比布莱特港中学的地理实地考察旅行活动刺激一百倍。

"这还用说，"我笑着说，"我们跳吧！"

第十一章

时隐时现的幽灵船

我们游了大概 10 分钟。

快要涨潮的时候，我们到了昨天我看到那艘船的海峡。

"你确定这是你昨天来过的地方吗？"亚伦问我。

"是的，我觉得是的。不过，老实说，它弯弯曲曲的，和我们路过的其他地方没什么两样。"

肖娜指着一堆半圆形的岩石，它们看起来像个水下冰屋。"就是这里，"她说，"我记得它。"

过了一会儿，一切都静止了，和昨天一样。鱼群停止游动，海草也不再摇摆。

"是平潮。"塞思轻声说。

"平潮？那是什么？"我问。

"在潮汐来袭和退去间会有平潮。它就出现在涨潮时。"

"或者反过来，"肖娜补充说，"退潮时，你也可以看到停潮。总的来说，平潮或停潮就是大海在涨潮或退潮时的停顿。"

"我从来没有这样的感觉，"塞思继续说，"这个时候不仅是潮汐，仿佛全世界都静止了。"

塞思说得对。这确实和我昨天的感受完全一样。

我正要回应他，却被亚伦打断了。亚伦拉着我的胳膊说："爱美丽，快看！"我顺着他手指的方向看过去。

是那艘船。

和昨天一样，那艘船就在我们面前，只是今天情况有点儿不同。它就和周围所有的事物一样真实，真实得让我无法相信肖娜上次居然没有看到这艘船。可是过一会儿，我几乎看不清楚它了，它和昨天的那艘船一样，只是颜色好像被水冲淡了，变成浅灰色。船身几乎是透明的。我觉得我都可以从中间游过去。

我们一起向那艘船游去。最起码，我们尽力了。但它一会儿存在，一会儿又模糊得几乎只剩下一个影子。

当我们走近那艘正在消失的船时，我伸出手，想摸一下它。伴随指尖的一阵刺痛和发麻，我的手直接穿过了船体。

我一边喘一边往后跳，为了离开那里，我使劲地摆动尾巴，激起了一团气泡。

"发生了什么？"我小声问。

"这艘船和昨天一样吗？"亚伦问我。

"不。昨天这艘船还是实实在在的，有船帆、有甲板、有人，还有……等等！"我把亚伦拉到船边，沿着海峡的边缘蜿蜒而行，我说，"那个女人在船中间的某扇舷窗里。我们去看看她还在不在那儿。"

我们游过舷窗。昨天我还可以看到里面的客舱，每间都有一张床和一个衣柜。然而今天，我只能看到每个客舱里一片漆黑。

我们来到我昨天见到那个女人的舷窗边。"就是这个。"我说。我先摆动尾巴让身体往后靠，然后轻轻把亚伦往前推了推："你先去。"

亚伦游到舷窗前，朝里面看。"和其他客舱一样，一团黑。"他说。

我跟着他游，我们一起透过舷窗的玻璃朝里看。亚伦说得没错，里面只有一团黑，除了……当我凝视着黑暗的时候，一些轮廓开始显现出来。

"亚伦，看那里！"我用一根手指指着玻璃，小心翼翼不去碰它。

"看什么？"亚伦皱起眉头，盯着客舱，说，"还是朦胧昏暗，没有什么不一样啊！"

"就在那后面。"我坚持说。

"什么后面？我什么都看不到。我几乎连船都看不清。"

"就在房间后面。"我说，只是语气没那么自信了。为什么他看不见呢？客舱里面确实很黑，很昏暗。我的视线也确实越来越模糊，但我还是能清楚地看到它。这会是我的想象吗？"那张床……还有……"我喃喃道。

我停住了。我也说不出别的什么话来。我不能讲话了。那个女人，她就在那儿，坐在床边，双手抱头，精神消沉，好像已经放弃了。

我想游得更近一些，但是我动弹不得。"那个女人，"我小声说着，同时目不转睛地看着她，"就在床上。"

就在那时，她似乎听到了我的声音，抬起了头。她的脸上一点儿生气也没有，像幽灵一样。她离开了床，好像朝舷窗飘过来了。

"我什么都看不到。"亚伦坚信。他的声音变得焦急起来。"可是这艘船正在迅速消失。它就要没了。"亚伦补充道。

我依然能看到这艘船。它消失得非常快，但它还在那儿，她也在那儿。她和我对视着，向我伸出了一只手。我也把手伸向了舷窗，不知道为什么，我不再怕碰到它了。我的手指刺痛得厉害，感觉好像被一百根针扎着。我忽略了疼痛的感觉，把手伸直，用手掌贴着窗户。那个女人也和我一样。

这一次我没有感觉到玻璃在中间隔着，我摸到一只手，有血有肉，温暖着我的手掌。我们四目相对。

然后，下一秒，一切都变了。顷刻间，就像什么都没发生过，那扇窗、那个女人，还有那艘船都消失不见了。

"发生了什么？"亚伦就像饥饿的鱼一样转着圈，他疯狂地拍打着尾巴说，"它去哪儿了？"

我也看了看周围，我们还在海峡里，但现在这里空荡荡的。寂静被一股水流打破，海草轻抚我的尾巴，鱼儿成群结队地快速游过，就像上班族们刚刚下班，急匆匆地赶回家一样。

"它消失了。"这一定是最不靠谱的回答，但我也不知道还能说什么。

"你们在这儿呀！"肖娜绕过拐角朝我们游过来，"你们还好吗？"

"难道我们消失了？"亚伦反问。

肖娜皱着眉头："也不是完全消失。"

我问道："什么意思？"

她旁边的塞思顺势解释道："是这样的，我看见你们在这里，但又不是真实存在。我说不清楚，你们像是在另一个时空。"

"这真的很奇怪。"肖娜说着，好像怕我们对此浑然不知。

"不好意思，我得走了。"塞思十分抱歉地说，"我不能迟到，我可不想惹得尼普顿不高兴。"

我对他深表同情，我曾多次受到尼普顿的坏心情的影响，我知道这并不好玩。

"我要是能找到一些有用的线索，就派使者告诉你们。"塞思接着说，"我也不想这么离开，但是……"

"没关系，我们理解。"亚伦说道。

我俩和塞思告别，尽量不把视线投向塞思和肖娜，也不去听他们说话，但还是会无意间听见。

"你要好好的。"肖娜有些难过地说，"但愿尼普顿不会因为你离开的这些天而为难你。"

"不会的。"塞思自信地说，"要是他责怪我，我就说……就说我去和我的女朋友待了几天。"

剩下的全是接吻的声音，我就再也听不下去了。

塞思走了之后，我们仨一起游回岛上。

"我又看见它了。"我告诉肖娜。我是真的不愿意打搅她现在的好心情，因为她刚刚和塞思确定了恋爱关系。但是我们要时刻牢记此行的目的，此刻我大脑里全是这件事。

"是那艘船吗？"肖娜问道。我点头。"那个女人呢，你也看见她了吗？"肖娜继续问道。

"看见了。""没看见。"我和亚伦同时说。

他看向我："爱美丽能看见，可是我看着相同的地方，却什么也看不见。而且爱美丽看见那艘船的时间也比我长。"

"天呐，这……"肖娜的声音逐渐减弱。我并没有责怪她，我的意思是她又能说什么呢？那艘船一定是怪异的吗？这也不一定。这些怪异而不可思议的事绝对是一百万年来最无法解释的。

她想什么并不重要。可是接下来该怎么办呢？可以肯定的是，我们不可能在一条废弃的海峡里闲逛着想办法。

"我们走吧。"我说，顺着来时的路游回去，"要是我们现在回去的话，还可以赶上晚餐。"

因为肖娜是我最好的朋友，所以我想让她开心起来，况且我也给她添了不少麻烦。我给了她一个拥抱并安慰道："回去的路上跟我聊聊你的男朋友吧。"一路上，肖娜一直在谈论她的男朋友，而我却没有听进去多少。

因为胃不舒服我不想吃东西。我和亚伦跟着从餐厅涌出的人一起离开了。刚才，他督促我多吃东西，所以我尽量从嗓子里塞下去一些东西，而且一边吃一边还要和其他人有一句没一句地闲聊。我真是受够了。

"我们走吧。"我一边说一边拉着他走。

我们沿着路向树林走去。我真想安安静静地坐在树林里仰望天空，既不用与人交流，也不用想任何事情，但我明白现在还不是时候。我很清楚我们不是盲目地沿着路一直走向树林深处，我们的目的地是眼前的这栋房子：莱尔的家。

我们停下脚步，前面就是房子的大门。我看着亚伦说："走吧，我们一起去做好这件事情。"

然后，我们默默地走在小路上，没有一点儿声响。

亚伦转过脸看着我问道："准备好了吗？"

我自信地回答道："时刻准备着！"说罢，我敲了敲门。

我们听见了门里的脚步声，不一会儿，莱尔把门打开了。

他看起来糟透了，即使以他的标准来看也是如此。他的眼睛就像个黑洞，头发蓬乱，衬衫从裤子里耷拉出来，整个人显得凌乱不堪。

"有何贵干？"他问道。

我想了想，然后说："是这样，我们不是有意打扰你。"

"那就别打扰。"说罢，莱尔转身要回房间去。

"但我们来是想和你聊一聊。"我坚定地说。

莱尔顿了一下，然后回过头来看着我点了点头，就好像他知道我们要说什么一样，这也是他一直期待的事，但他又装作一副无所谓的样子。接着，他转过身走了进去。门没关，给我们留着。他头都没回地说道："想来的话就进来，别忘了关门。"

"坐吧。"莱尔在客厅轻轻地挥手招呼我们。

我尽量不去看那些随处乱堆的装着剩菜的、发霉的脏盘子。莱尔一定是发现了我在努力回避这些，连忙把盘子收起来，拿去厨房。

"我不知道家里要来客人。"莱尔解释道。

"没关系，我们都没注意到，是吧，爱美丽？"亚伦爽快地说。

"当然了！"我撒谎道。接着我环视了一下房间，房间乱得让我觉得他有可能是一起盗窃案的受害者。

我和亚伦在沙发上一块相对干净的地方坐了下来。刚坐下，我的眼睛就落到了房间一角的梳妆台上——顿时对其他任何东西都没兴趣了。

我站起来，径直走过去并拿起了一张带相框的照片。正在这时，莱尔回到了房间。

这是张婚纱照，上面是一对笑得甜美的夫妻。左边是穿着一身笔挺的白色西装的莱尔，他喜笑颜开地凝视着身边的新娘。我无论如何也不相信照片上的人正站在我的面前。新娘面向他露出灿烂的笑容，长长的红头发披在肩上，正好垂在洁白的婚纱上——就是那个女人！那张脸这两天以来一直萦绕在我脑海里。

我放下照片，看着莱尔。我情不自禁地说："我见过她。"

"你见过什么？"

"我说我见过她。"我重复道。但我突然意识到我应该把这个突然的消息说得委婉些。

"洛温娜？"他哽咽着叫出这个名字，好像一听到这几个字就特别难过。之后，他清了清嗓子，又问了一遍："你看见洛温娜了？"他的声音就像玻璃被打碎了一样。

当莱尔说出洛温娜的名字时，我不由自主地想起了第一次见到她的样子：她用拳头不停地砸舷窗，好像在喊"我是赢家"，当时她的话让我很费解。现在我明白了，她说的绝不是"我是赢家"，很明显她想告诉我的是"我是洛温娜"。

我轻轻地点了点头，不确定我该不该这么说。

莱尔目不转睛地看着我，他面色苍白。我不知道他是不是生病了。他的眼睛漆黑得像海中最深的洞穴。他凝视着我，不知道有多久，感觉就像要永远凝视下去。房间似乎把我们包围了起来，将其他一切都放在外面，让我们三个人留在这个毫无意义、无人知道的新世界中，而且我们也不知道如何探索它。

最终，莱尔打破了僵局，他用沙哑的声音一字一句地说："最好把你们知道的一字不落地告诉我。"

然后，我们就都告诉他了，甚至也告诉他之前我们担心说出来会给自己惹上麻烦。

"我们并不想擅自闯入。"在提到我们找到那个椅子的时候，亚伦特意强调，"我们踩空了，之后就迷路了……"

"没关系，继续说。"莱尔不想就这么被打断。

我给他描述了第一次见到洛温娜时的场景。

"她还好吗？她看起来怎么样？"他迫不及待地大声问道。

"她……"我说。我在犹豫要不要把真相告诉莱尔。她整个人看起来既痛苦又恐惧，和他现在一样。但我含糊其辞地说："她看起来还不错。"

莱尔如释重负地长舒了一口气，身体也放松了一些。他说："老天保佑。"我深知，适当的时候说一些善意的谎言也算是做好事。

接着，我们又说到晚上的场景，仔细描述了那艘几乎变得透明的船。

"最奇怪的是，只有爱美丽能看见她，我却什么都看不见。"亚伦疑惑地说。

"今天那艘船越来越看不清楚了。"我连忙又补充道。

莱尔似懂非懂地点点头，并让我们继续说，好像这一切都是他意料之中的事。

"差不多就这些，我已经全部告诉你了。"我最后说。

莱尔沉默着，静静地坐在那里。他面色凝重，眉头紧锁，身体无力地向前倾，胳膊艰难地撑在膝盖上。他迷离的眼神，透出了脑海中万千的思绪。

过了一会儿，他突然站起来，把身子转过去。难道我们告诉他之后，他要把我们赶出去？

"你是要把我们赶出去吗？"亚伦谨慎地问道。

他回过头，眼神空洞地望着我们，那眼睛像漆黑的隧道，似乎我们稍有不慎就会被吞噬。

"怎么可能？"他解释道，"请让我缓一缓，然后给你们每人做一份热巧克力，回来我们边喝边说。"

我不假思索地脱口而出："可是我们已经说完了，也没什么可讲的了。"

莱尔若有所思地点了点头："我知道你们讲完了。你们简直不知道我是多么感激你们的勇敢和诚实。"

亚伦疑惑地问道："那你还要听什么？"

莱尔迟疑了一下，然后用沉稳而坚定的语气说："我没想听你们说，我的意思是，让你们听我讲。"

第十二章

亚特兰蒂斯的魔力

亚伦和我并排坐在沙发上，厨房里不时传出莱尔忙碌的声音——开水沸腾的咕嘟声，广口瓶的叮当声，以及杯子和勺子碰撞的声音。

我们一言不发，因为我口干舌燥，一句话也不想说，就算是有什么线索我也不想说了。我感觉亚伦和我一样。

我们沉默不语，但紧紧地握着对方的手，就像两个生命紧紧连在一起，就像我和他生死与共一样。

最后，经过了漫长的等待之后——其实只有不到5分钟，莱尔回来了，递给我们热饮。我双手接住他递过来的热巧克力。

由于紧张，我的身体不停地发抖，喝了一口之后，舒服了许多，身子也暖和了。

"好些了没？"莱尔问道，"如果准备好了，那就听我说我所知道的一切，听完之后我们仨要想出接下来的对策，可以吗？"

"没问题！"我说。听到莱尔这样说，我开始变得激动。我们一边喝着热巧克力，一边听莱尔绘声绘色地讲述着他的故事——他和洛温娜的爱情故事。

"首先是一些基本情况。"莱尔开始说。这听起来是个好主意。因为基本事实听起来安全、可靠，我们之前也了解一些。直到他补充说："让我们开始讲亚特兰蒂斯。"

亚伦惊得张大了嘴巴。而我差点儿把杯子摔了。

"亚特兰蒂斯？"亚伦怯怯地问。

"那不是神话故事里才有的吗？这个地方存在吗？"我问道，"难道现实中真的存在？"

莱尔点点头说："人类对它一无所知，除了他们编造的故事——那些故事都是童话。"

"那人鱼知道它吗？"我突发奇想地问道。

"在人鱼世界，那些关于亚特兰蒂斯的传闻是有迹可循的。但他们对真实的故事的了解也只是九牛一毛。尼普顿会保证亚特兰蒂斯的秘密永远不被发现。"

"尼普顿！"我激动得脱口而出，"是他掌管亚特兰蒂斯吗？"

莱尔皱着眉说："当然是，尼普顿掌管和大海有关的一切。但即使是他，也只是在安全距离之外进行统治。"

"那你是怎么知道这些的？"我疑惑地问。

莱尔转过头，用他深邃的眼睛注视着我："因为，我为亚特兰蒂斯效力。"

"你竟然为亚特兰蒂斯做事？"我有些不满地说，"我以为你只管理这座岛。这只是个幌子，是吗？"我能感觉到自己的愤怒。莱尔是那种用一个正义的身份掩盖自己不端行径的人吗？我生命中遇见的这样的人已经够多的了。

"不，这不是幌子，这就是我工作的一部分，而且还很重要，但没有另外一部分重要。"

"接着说吧。"我提醒他继续。

"好的。我一部分工作是日复一日地经营五湾岛，照顾来度假的游客，就像你看见的那样。"

在我看来他对这座岛上的工作很不敬业，尤其是在照顾游客这方面，但我没有多加评论。

"其实，洛温娜负责大部分的游客接待工作，"莱尔连忙说道，"而我的工作都在幕后。"

亚伦毫不犹豫地问道："所以，你的一部分工作是管理这座岛，那还有一部分呢？你为亚特兰蒂斯做什么？"

莱尔斩钉截铁地说："我是一个记录员！"

“是什么？”我又问道。

“是一个记录员，为亚特兰蒂斯做记录。记录那些过往的人和船只。”

亚伦穷追不舍地问道：“是些什么人？又是些什么船？”

“我告诉你们，我们现在聊的这些是最高机密，我会因为透露这些而惹上大麻烦。你们明白吗？”

“我们当然知道。”亚伦和我不约而同地说。

“好的，我不知道你们是否听过一些传说，但真实的亚特兰蒂斯是个港湾，接收那些在汪洋大海中迷路的人和船只。而我的工作是帮助他们登记。”

我不解地问道：“登记？你是怎么知道他们什么时候到那儿的？”

“有两个办法。你们已经见过我的监测点了。我昨天到那里时，就发现有人来过，但我没想到会是你们。”莱尔说。

亚伦解释道：“是瞭望塔吗？其实不只我们，大家都去过。”

莱尔打断了他：“不是瞭望塔，是另一个地方。”

“是那把椅子吗？”我说。

莱尔点点头，说：“虽然是监测点，其实更像一个……一个大使馆。”

亚伦有些不解地问道：“亚特兰蒂斯的大使馆？”

“是的。”

“这就是不让我们去那里的原因。”我自言自语地嘟囔。

莱尔接着说："你们是想尽办法到了那儿。很抱歉，但是说真的，你们不应该去那里。"

我含含糊糊地说："我们压根儿也没想去。"

莱尔抬起了一只手："我知道，你们不会受到惩罚的。我很感谢你们，如果你们没有到过那里，我们也不会有今天的交谈。当然，你们的到来给我阴郁的日子带来了久违的一缕希望。"

"不客气，请继续说。"亚伦说。

莱尔继续说道："你们找到的那个地方——也就是那个监测点，它的监测范围在很长一段时间都是我的基地。在那里我可以看见来往的船只，还有一些普通人看不见，只有特殊的人可以看见的船只。"

"什么是特殊的人？"我好奇地问道。

莱尔停顿了一会儿，然后接着说："我是半人鱼，和你一样。"

我有些吃惊地盯着他，接着问道："洛温娜也是？"

他点了点头，说："她也是半人鱼。"然后他又摇了摇头，补充道："是。洛温娜也是半人鱼。我不相信她已经走了。"

"请继续说下去。"我礼貌地说。

"昨天，我们在深蓝湾遇见之前，我一直在监测点。"

"原来是你！"我脱口而出，"我看见你了！"然后我看着亚伦说："你记得吗，当时我们在营救那些卡在暗礁中的同学，我说我在水里看见了一个人，但你说那一定是西普罗克学校的学生。那不是学生，那个人就是莱尔！"

"我连续工作太长时间了。可是那时候我并不是在给他们登记，我是在想办法把他们除名。"

我问道："把他们从亚特兰蒂斯除名？这可能吗？"

莱尔用沙哑的声音低声说道："很难。"

"那么，人们一旦去了亚特兰蒂斯，就再也回不来了吗？"亚伦问道。

莱尔摇了摇头，说："只有那些精通亚特兰蒂斯知识的人才可以回来，但成功的概率非常小。而那些了解亚特兰蒂斯的人是不会去这个地方的。所以，一旦去了亚特兰蒂斯，可能再也回不来了。再说了，也没有多少人想去。"

"为什么不去呢？"我问道。

莱尔似笑非笑地点点头说："那是个黄金一样的国度，城墙像黄金一样闪烁着光芒，通往树顶的梯子上有歌声婉转的小鸟，河里流淌着玉液琼浆，阳光透过皮肤，温暖着你的脊梁。"

"这听起来棒极了！"亚伦说。

"是的，"莱尔说，"但事情并不像看上去那样，而且这种情况不会持续太久。"

"所以你想把谁从里面带出来？"亚伦问。

我顿了一下："是洛温娜吧。"

他点了头，瞥了我一眼说："我和洛温娜都在这座岛上为亚特兰蒂斯工作。我负责帮助人们进去，而她从一开始就努力阻止他们进去。"他顿了顿问道:"你们一定明白我说的是什么意思吧?"

"我……"我犹豫了一下。

"亚特兰蒂斯是那些在大海中迷失方向的人的去处。"他强调了"迷失"这个词,等着我俩弄清楚它的意思。

随后我先问道:"迷失?是指……"

莱尔轻轻地点点头,说道:"没错,是指死亡。说好听点儿,这里就像是一个驿站——由生到死的最后一站。"

我不由自主地倒吸了一口气。

在我们俩都语塞的时候,莱尔继续说道:"洛温娜是这里最熟练的领航员。"

"什么是领航员?"亚伦问道。

"她引导着船只小心翼翼地穿过危险地带,确保他们安全通过。你们知道的,这里暗礁密布,是海洋里最危险的地带。洛温娜总是悄无声息地游在船只前面,帮助他们穿过危险重重的航道,而这些航道一般人都不知道。亚特兰蒂斯有一种不同寻常的磁力,领航员用它改变船只的航向,但船上的人却一无所知。这就是洛温娜的贡献。她一直这样默默无闻地帮助着往来的船只,带领他们远离那段最可怕的旅程。"

"亚特兰蒂斯之旅。"亚伦说。

我开始把所有的事情联系到一起。"繁荣二号。"我喃喃道。这艘船原定于上个星期五经过这里。"她就在那儿工作,不是吗？”我继续问道。

莱尔正准备回答我，但他张了张嘴却什么都没说。所以我继续说了下去：“洛温娜本想帮助繁荣二号经过那个通道，保证船和乘客的安全。我说得对吗？”

莱尔头也没抬，点了点头。那一刻，没有人说话。我们能说什么呢？

最后，莱尔用低沉的声音继续说：“我们一起吃了午饭。这艘船本来定于下午 4 点通过。以前已经通过很多次了，从来没有出现过复杂的情况。洛温娜笑着去上班了。我现在还能看见她那闪闪发光的眼睛，她的头发……”

我伸出一只手拍了拍他的胳膊。莱尔让我的手在他的胳膊上放了一会儿，然后他用手揉了揉眼睛。“她有消息要跟我分享，她说她下班后会告诉我。她打算给我们做一顿特别的晚餐。”他停顿了很长时间，然后声音嘶哑地说，“她再也没有回来。”

“哦，不！那太可怕了！”我说。

“那你知道发生了什么事吗？”亚伦问道。

“当时我并不知道。我在监测点看到了那艘船，它在通道中穿梭，我还笑了一下。我知道洛温娜正在前面引领着那艘船。接着……”他没有继续说下去。

“然后呢？”我轻轻地推了推他。

莱尔摇了摇头，好像在试图否认自己说的话。“然后就走了，”他最后说道，“消失了。我看着它不见了。”

"不见了？"我问道，"它是怎么消失的？"

"它直线下降，好像被大海一口吞没了，留下的只是海面上那串巨大的气泡。"

我脑海中浮现出了海怪的记忆——一只巨大的、凶猛的海怪，从误入百慕大三角的船只上偷走了财宝和黄金。但即使是一只巨大的海怪也不能一口吞下那么大的船。

"那是一场地震。"莱尔断然说道，"地震就发生在海峡那边。两个海底板块在船的正下方移动，再加上涨潮以及洛温娜为使船保持在轨道上而施加的来自亚特兰蒂斯的磁力，就产生了一个强大的组合。"

"发生什么事了？"亚伦问道。

"总之，船下面的海底地壳断裂了，泡沫和空气像火箭一样向上喷射，击中了洛温娜运行的船只，船被海水吞没，然后掉入下方的真空里。陆地、空气、水、潮汐，所有都混合在一起，而船被困在里面。10秒钟后，它消失了。这艘船，船上的人和我的妻子也都消失了。"

突然之间，我明白了一切。这一切都发生在上星期五——我们到达的前一天。难怪我们来这儿的这段时间里莱尔一直很沮丧。在他的妻子刚刚失踪的时候，招待一群来访的孩子不会成为他的首要任务。

"你为什么不说出来呢？"我问道，"那你为什么不取消我们的旅行？"

　　莱尔笑了一下。"如果我的脑子还有空想这些事情的话，我会取消的。"他说，"但我一直都在想洛温娜和船的事情。我完全忘记了你们，直到你们的老师在海滩上打电话说你们已经到这里了。"

　　"这一点儿也不奇怪。"亚伦说，"对呀，我们不是你最需要的人。"

　　莱尔在回答之前犹豫了一下："可能吧。"过了一会儿，他又说道："或许你们正是我需要的人。"

　　"真的吗？"我问道，"那你怎么想的？"

　　"我所知道的就是……船失踪了，洛温娜也随着地震不见了。"

　　"你确定吗？"亚伦打断道，"我觉得她或许是地震的幸存者，现在可能被困在某个地方。她很快就会回家的，不是吗？"

　　我羡慕亚伦还抱有单纯的希望。因为他并没有见过在舷窗里的洛温娜，所以洛温娜恐惧的眼神也不会深深地印在他的脑海中。

　　"她和船一起沉下去了。"莱尔说，"我知道。起初我往好处想，但过了三天，她还没回来。她已经走了。即使我希望并告诉自己那艘船只是改变了路线而已，或许洛温娜只是出于某些原因待在大海的其他地方，但我知道事实不是这样。你看，当船和船上的人消失在海里时，我在瞭望塔上用雷达能看到他们。"

"我们没有看到雷达。"亚伦指出。

我记得那扇锁住的门上写着："私密基地！禁止进入！"。我猜测雷达在里面。

"你们的这次旅程中不包括参观这间房子。"莱尔回答道。

我们在这里并没有去参观太多的地方。然而，现在我不打算告诉莱尔这些。

"有几个小时我不想去瞭望塔，我一直告诉自己船只是改变了路线，洛温娜很快就会回家。"莱尔继续说，"但到了晚上，我知道必须面对事实，就去了瞭望塔。看到船和洛温娜一起消失了，我不得不去亚特兰蒂斯的监测点再看一遍。"

"所以你当时放弃找她了？"我问道。

"嗯，但只是暂时放弃了。因为上个星期六发生了一件极其罕见的事情。我从未看到有关船只进入亚特兰蒂斯的记录。"

"你看到它了？"亚伦说。

"我看到了。我第一次看到它是在上个星期六下午晚些时候，就在你们来这里之前不久。当时我在监测点，也就是这艘船消失后的 24 小时，我在那里等待，希望……我不知道我在希望什么？我几乎没有希望了，但后来我看到它了！仅仅是几分钟，但它就在那里。"

"就像我们第二天看到它一样。"我小声说。

"上个星期日，是的。我有很多事情要做，并且要安排你们一周的活动，直到晚上我才能再回到那里。"

"就在那时我看到了你。"

莱尔点点头："我想，如果还有机会再次看到那艘船的话，那一定是在涨潮的时候，而且是从监测点望过去的同一个地方。"

"这就是为什么你说涨潮后我们见面。"我总结道。突然想起莱尔当时来见我们的时候，头发湿漉漉的。他并不是特意为迎接我们的到来而去洗澡，原来他一直在海里！"所以你可以先回到监测点去寻找那艘船。"我补充道。

"没错。"

"那次你看到了吗？"亚伦问。

"再清楚不过了。"莱尔说。他温柔地笑了笑，仿佛看见他的妻子就在面前对他微笑。"那艘船就在那边，朝这边驶来。在它再次离开之前，我还有 15 分钟。"莱尔接着说。

"之后你还见到过那艘船吗？"我问。

"早上我看见它了，但是勉强看见。那艘船正在逐渐消失。她正离我而去。"说到最后一句，他的声音哽咽了。

"你不能去找她吗？"亚伦问道，"你为亚特兰蒂斯工作——难道你不能去那里将她带回来吗？"

莱尔笑着摇摇头："相信我，如果可以，我肯定会这么做，但是亚特兰蒂斯不是一个来去自由的地方。如果你倒霉的话，就发现自己已经在里面了。我在这边的工作就是一个数字游戏，我还算是一名会计师，会一直记录损失和收益。"

"所以没人能去那儿。"我说,"可是,我们怎么能看见那艘船?它又为什么消失呢?"

"我也问过自己相同的问题,并用我掌握的关于亚特兰蒂斯的所有的专业知识来研究答案。"莱尔回答道,"我没日没夜地研究,苦苦思索每一个细节。据我所知,我一生中从未发生过这样的事情。你明白吗?从来没有!"

"你是说你看到那艘船去了亚特兰蒂斯?"我问道。

"对,这样的事我从来没有听说过。我一直觉得,这是谣言,因为我读过那些历史记录。"

亚伦皱起眉头:"历史记录?"

"就是在我之前的那些记录员记录的内容。我一直在研究他们的故事、经历,看是否能找到有用的东西。"

"你有什么发现吗?"我问。

"发现不多。有人记录了偶尔看到有船只从那边返回。还有人谈到这个世界和亚特兰蒂斯之间好像有一扇传送门。但全都是猜测,没有确凿的证据。这些都不能证明什么。说实话,我以前从未听说过这些,并且到现在为止,我从来没有相信过他们写下的东西。"

"直到你亲眼看见那艘船。"我说。

"没错。从那以后,我不再想其他事情了。能够看到这艘船,让我有了一线希望。然后,你也看到了,这使我更加有了希望。但同时希望又破灭了。"

"破灭了吗？"我问，"为什么？"

"看到这艘船意味着船上的人想要回来——离开亚特兰蒂斯。"

"但这不是件好事吗？"亚伦坚持说。

"是的，但他们正在逐渐消失——这意味着他们的尝试失败了。每次他们尝试失败后，成功回来的机会就会变得更加渺茫。日复一日，他们就会离我们越来越远。作为一名记录员，我知道一艘船经过我的雷达后，再过六天，就会永远消失。"

我喝了一小口饮料。饮料虽然凉了，但巧克力的味道还是不错的。"我不明白。"我说。

莱尔叹了口气说："这太复杂了。"

"我们试试吧。"亚伦说道。

"好。在亚特兰蒂斯，时间的运作方式不同。当一艘船进入亚特兰蒂斯时，第一天的时长和这里是一样的，到了第二天，时间就开始发生改变。"

"以什么方式发生改变？"我问。

"在第二天，这个世界的 24 小时在亚特兰蒂斯就是一个星期。第三天就是一个月。第四天是 6 个月。第五天，任何事情都可能发生。时间不稳定。时间可能像正常的一天一样过去，也可能是一年，或者介于两者之间。在第六天之前，一切都变得这么奇怪。"他盯着地板，声音越来越低，慢慢消失了。

"第六天会发生什么？"亚伦问。

莱尔看着地毯说："在第六天晚些时候，一切就都结束了，船会永远消失。我从来没有听说船在第六天之后回来的故事。谣言都没有说过这样的事情。"

我扳着手指。繁荣二号消失在上个周五。如果消失的那天是第一天，那意味着今天就是第四天了。

莱尔一定看到我在计算时间。"是的，"他说，"再过两天，我就得永远放弃找到她的希望了。"

"但是我看到她了，"我坚称，"我看到那艘船了，看到洛温娜了。"

"但它正在消失。"莱尔说。

"没错，"我勉强承认，"但是它还在那里。"

"为什么爱美丽可以看见洛温娜，而我不行呢？"亚伦问道，"并且为什么她看到的船更加清楚？"

莱尔摇摇头。"我不知道，很多问题我都无法回答。不过，我知道一点，"他凝视着我说，"我今天在监测点几乎看不到这艘船了，但你却看得很清楚。你又给了我希望。我差点儿就放弃希望了。"

我不知道该说什么。我实在说不出话来，因为当看到莱尔的眼眶有些湿润时，我感觉有些东西堵住了我的喉咙。

过了一会儿，他站起来说："看来，你们还是回去吧。你们老师想知道你们在哪儿，我不想给你们带来麻烦。"

亚伦和我也站了起来。莱尔送我们到门口。

"我需要好好想想这个问题，"他说，"我会花一晚上时间研究它。你们明天早上能过来一趟吗？"

"当然。"我代表我们俩回答道。

"嗯，你们早餐前来。"莱尔说，"我们早点儿出发，这次我一定不会放弃的。"

我们站在门口。"我们也不会放弃，"我说，"我们会尽我们所能帮助你的。"

莱尔对我们点点头表示感谢。然后，他走回去轻轻地关上了门。我们也走向旅馆，我向后看了一眼，莱尔正站在窗前向我们挥手，我也向他挥了挥手。

在我们回旅馆的路上，亚伦用胳膊搂着我。我们没有说一句话。我猜他和我一样难过，在我们心里，只有一个问题……

我们真的有可能在两天内从亚特兰蒂斯救出这艘船吗？

第十三章

四个中间地带

　　星期一晚上我几乎睡不着觉，一睡着就做噩梦，梦到自己不是被困在黑暗的水下，就是被困在废弃的船只中，被黑暗和窥探的眼睛包围着，他们全都茫然地盯着我看。

　　我从梦中惊醒，全身冷汗，气喘吁吁。这已经是一小时内第三次做这样的梦了。我看了一下表，6 点 15 分。我在床上翻来覆去，把被子一会儿盖上一会儿揭开，但还是睡不着。

　　最后，我起床了，穿上衣服蹑手蹑脚地下了楼。这里十分安静，怎么会有人早上 6 点 30 分就起床了呢？

　　有一个人除外，他不在房间里，而在马路对面。他坐在自家门前花园的木凳上。我猜他和我一样睡不着觉，或者比我更难入睡。

我轻轻地推开前门走了出去。"莱尔！"我一边叫他，一边走过马路，走到他面前。他抬头瞥了我一眼，他乌黑的眼睛看着我，一时间仿佛没有认出我来。我第一次看到这样的眼睛是在洛温娜身上。

他晃了晃身体。"爱美丽，"他说，"你起这么早干什么？"

我耸耸肩："我睡不着。"

"我也睡不着。"

"你还好吗？"我问。问完我真想踢自己一脚，他当然不好。

莱尔站起来说："其实，我很高兴你来了。我整晚都在研究这个问题，我想我终于有答案了。"他拍了拍身边的板凳，继续说："你过来坐。我去拿杯咖啡，顺便拿下文件。如果你还关注那艘船的话，我们可以讨论一下。"

"当然！需要我去叫亚伦起床吗？"

莱尔看了一眼手表："让他再睡一会儿吧。我们可以晚点儿告诉他最新的消息。另外，在亚伦不在的时候，我想和你说一些事。"

他去给我拿咖啡时，我不禁打了个寒战，可能是有点儿冷，现在太阳还没升起，但我知道肯定不只是因为天冷。莱尔发现了什么？他到底要告诉我什么，而且还不能让亚伦听到？

我抿了一口咖啡，龇牙咧嘴地咽了下去。我认为 30 岁以下的人在一天最好的时光——清晨，最喜欢喝的不应该是咖啡，而且这个咖啡太浓了，看起来像泥土一样。不过此刻它让我感到暖和。

莱尔注意到我脸上的表情。"你想要热巧克力吗？"他问。

"不用了，这就很好。"我说。我不想继续这个话题，而且咖啡喝得我心脏怦怦跳。

莱尔拉过一把折叠椅，坐在长凳旁边说："好吧，你知道的，我们看到船是在海水涨潮的时候。"

"还有退潮的时候。"我补充道。

"是的，还有平潮或停潮的时候，你知道吗？"

"在潮汐涨落的过程中，当涨潮达到最高点或退潮达到最低点后，水位在短时间内不涨也不退。"

"对。所以我最先想到的就是为什么我们会在这些时间段看到它。开始我以为这是因为船在涨潮的时候下沉了，但是昨天跟你谈话之后，我觉得我想错了。我们看到它是因为它出现在时空之间。"

"时空之间？"

"这艘船被困在陆地、海洋和空气之间，这才使得它迷失在亚特兰蒂斯，而我们只能在涨潮和退潮之间看到它。"

"我们能看到它是因为我们处于人类和鱼类之间。"

莱尔用手指表示肯定："没错。你学东西很快。"

"所以这就解释了为什么当我们和其他人在一起的时候，只有亚伦和我才能看到那艘船。但是船似乎正在逐渐消失，这又是怎么回事？"

"好吧，那是另一件事。"莱尔拿起随身携带的记录本，很快翻了几页，说，"我想到了。事实上我们看到这艘船意味着它正在试图返回，但也在逐渐消失，这意味着船上的人已经放弃回来了。你还记得我告诉过你亚特兰蒂斯的时间与这个世界的时间不同吗？"

"嗯。"

"所以，我记得，它失踪的那天是上个星期五，也是在亚特兰蒂斯的第一天。也就是说，现在是第五天。按亚特兰蒂斯的时间算，他们已经离开 6 个多月了。到今天晚上为止，有可能他们在那里已经待了长达一年的时间。即使在正常情况下，这也足以让其中一部分人开始有放弃的想法。"

"但亚特兰蒂斯非同寻常。"

"甚至是不正常。亚特兰蒂斯十分独特，它会使你忘记你曾经生活过的地方，让你想永远留在那里。它就像是一个天堂，那里的一切像磁铁一样吸引着你，让你感到快乐和满足，让你愉快地走完旅途。……直到第六天结束。"

"当这一切结束，你就再也回不来了。"

"没错。"

我想了一下："那么过完明天，船就彻底消失了？"

莱尔点点头:"就是这样。"

"所以我们能做些什么呢?"我问,"我们要放弃吗?"

"不,绝不放弃。只要还有机会。"他坚定地说,听上去他好像有点儿生气了。

"好吧,我们继续。"我小心翼翼地说。

莱尔用手捋了一下头发,说:"好,你还记得昨天我告诉过你,有人相信在两个世界之间有一扇传送门吗?"

"你的意思是这就是我们能看到这艘船的原因?"

"是的,但是通过这扇传送门不仅能看到船,有传言说有人可以在两个世界穿越。虽然没有人能证明这些,但确实有这样一个故事。"

"这个故事说的是什么?"

莱尔说:"很少有人能够遇到这种情况,大多数人都认为这只是一个神话,但如果这是真的,我们也许还有机会。"

"太棒了!"我说。

他皱了皱眉头说:"好吧。我们试试看吧,但我不确定这能不能成功。"

"为什么不能成功呢?"

"因为这件事牵扯到了两个不同世界的中间地带。这艘船被拖到了陆地和海洋之间,现在被困在这个世界和那个世界之间。你知道这有多严重吗?"

"嗯……我懂。"

"嗯，故事里还说如果你有四个中间地带，船就会再次出现，然后你就可以找到一把钥匙来打开通往这两个世界的门。"

"中间地带？你的意思是我们需要找到四个中间地带，才能再次见到那艘船？"

"故事就是这么说的。但即使它是真的，成功的机会也很渺茫，难怪大多数人觉得这些故事只是毫无根据的神话。但我一定要试试，只要还有希望，我就不会放弃。"

"好的，现在我们一共需要四个中间地带。"我想了想，说，"首先，我们已经找到一个了，我们处于人类和鱼类之间。"

"没错，我们现在已经有一个了。"

"还有一个，我们是在平潮或停潮的时候看到船的，当时海面处于波澜起伏、潮涨潮落的状态。"

"这就是第二个了，"莱尔说，"现在我们再有两个就够了。"

我绞尽脑汁地想，还能有什么呢？我摇摇头："我想不到还有什么了。"

莱尔翻看着他的记录本，目光停在了一张满是时间和数字的表格上。

我凑过去看了看问："这是什么？"

"潮汐表。"莱尔用手指一行一行划着仔细地读着。他指着星期日的数据说："看，这是星期日涨潮和退潮的时间，这个时间和昨天一样，我们就是这个时候看到船的。"

我看了看数据。它确实和我们昨天看到的时间一样，我说：

"对，但是……"

"看这儿。"莱尔指着今天的数据说。涨潮大约半小时前就过去了，今天的退潮是在中午 12 点 18 分，下一个涨潮是下午 6 点 20 分。

"所以，我们今天应该能看到那艘船。"我说。

"是的，如果他们仍然试着回来，如果他们还没放弃的话。但是你看这里，这是最重要的一点。"他指着下一列说，"明天的涨潮。"

周三的涨潮时间是早上 6 点 41 分，晚上 6 点 53 分。这是怎么回事？

"我还是不明白这是怎么回事。"我说。

莱尔把记录本翻到下一页。这一页的数字比上一页的还要多。

"这又是什么？"我问。

"这是日出日落的时间。"他说，"这一天是在秋分刚过的时候，也就是说，这天黎明和黄昏相隔了 12 个小时。"他指了指周三的数据。"看到了吗？"他问，"黎明是几点？"

"早上 6 点 46 分。"我大声说。

"没错，就是在平潮的时候！黄昏是在晚上 6 点 59 分，正好又到了平潮的时候。"

我的大脑在飞速地运转后，终于明白了莱尔的意思。"那就是另一个中间地带！黎明和黄昏介于白天和黑夜的中间。"

我说。

莱尔笑了笑："没错！"

"这是第六天了，是我们最后的希望。"我沉思着。

"据我所知，如果我们能集齐这四个中间地带，如果这个传送门真的存在，它将在黄昏时打开，直到平潮。在下一次涨潮时，它将再次出现，并再次打开，然后永久关闭。"

"那也只是假如而已。"我低声说。

"我知道，但'假如'是我们现在唯一的希望了。"

"那么第四个中间地带是什么呢？"我问道。

莱尔摇了摇头说："我还没有想出来。"他咬了咬指甲。我从来没有见过他像现在这个样子。

"什么？"我说，"你有什么事情还没有告诉我？"

"不，没有。"他心虚地抢着回答，"不，我没有，我不能说。"

"什么事？怎么了？"我不停地问他。

莱尔看起来好像要哭了。他的眼睛眯起来，看上去就像黑洞一样。"我不能说。"他又重复道。

"请告诉我，怎么了？告诉我吧！"

他停了好久，然后平静地说："是你。"

"什么？我怎么了？"

"你可以做到我和亚伦都做不到的事情。你对这艘船的感觉比亚伦更加强烈。亚伦没有看到洛温娜，而你看到了。更重要的是，她也看到了你。我本想找找其他办法，这样我们就可以不用这个方法了——但爱美丽，你就是第四个中间地带。"

"什么？怎么回事？"

莱尔苦笑着，他看上去离我越来越远，像要消失了一样。他说："直到我昨晚看到你们两个走远，我才意识到这是什么。"

"什么？你在说什么？"

莱尔盯着我的眼睛说："你现在处于喜欢与爱之间。"

我目瞪口呆地看着他。我不知道我一直在期待他说些什么，但肯定不是那句话。"我？什么？"我问道。

"我看到了你的摇摆不定。也许你很快就不会这样了，但你现在确实是这样的。"

"但是……但是……"我说，"我是说……亚伦呢？他不一样吗？"

莱尔停了一会儿，然后摇摇头。"不，"他轻声说，"亚伦不一样。"

我有好多问题想要问他。至少，有一些问题我问了，剩下的，我并不想知道。亚伦已经对我这个星期说的话做出了回应，他的意思很明显。亚伦根本不爱我，我们的关系还没到那儿呢。

就在这时，我听得很清楚，听到有人在跟我们打招呼。我抬起头来，是亚伦！

他走过马路。"你在这儿啊！"他说着关上身后的门，然后和我们一起坐在莱尔的花园里。"你也睡不着吧？"他问。

"嗯。"我说。我快要说不出话来，几乎不敢看他。我的脸火辣辣的，就像一把火在烧一样。我在喜欢与爱之间吗？我是这样吗？是真的吗？我是说，在我这个年龄会爱上别人吗？尤其是当他的感觉明显和自己不一样的时候。不过，他至少喜欢我，不是吗？我没弄错吧？

"我们正在谈论你。"莱尔说。他打断了我的思绪。

"真的吗？没说我什么坏话吧？"亚伦坐在我旁边的长凳上说。

"嗯。"我回答道。不是吧？我现在只能说出这些吗？

"我们只是在讨论行动的计划。"莱尔说，这样省得我再做解释。他总结地说了刚刚告诉我的关于平潮以及船只慢慢消失的原因。幸运的是，他没有再透露更多的细节。

"所以你的意思是我们得赶快行动了。"亚伦说。

"是的，"莱尔说，"我已经知道我们该怎么做了。我相信明天一大早，在涨潮的时候，这个传送门就会打开。我们只有一次机会靠近这艘船并把它带回家。"

"我来！"亚伦毫不犹豫地说。

莱尔微微地笑了。"我就知道你会这么说。"他说，"不行，你不能去。我会想出一个我去的方法。我不会让任何一个……"

"我来吧。"我坚定地说。

他们俩转过身来看着我。

"我去吧。"我重复道。我说话的时候，胃里有一种刺痛的感觉，好像一只小章鱼在用触须搔我的痒。我知道我可能是有些害怕，但也很兴奋。我要找一个神话般的传送门，我要把洛温娜带回来，我要去亚特兰蒂斯！

亚伦伸出手，好像要阻止我去寻找那艘船。"不！爱美丽，这可能很危险。"他瞥了莱尔一眼，说，"我是说，我觉得这可能很危险。不是吗？"

"哦，是的。"莱尔确认道，"这是存在着很多的危险。其中最大的危险就是有可能到了船那边，就再也回不来了。"

我咽了口唾沫，我的胃更难受了。"永远消失在亚特兰蒂斯？"我问道。

"是的，所以我才不让你去。我会想办法的。我们一起解决……"

"我去，"我说，"让我去吧！"

"爱美丽，不！"亚伦又说，"如果需要有人这么做，那也是我去！"

莱尔阻止了他，说道："亚伦，你不能去。现在，爱美丽是唯一可以去的人。"

亚伦瞥了我们俩一眼。"为什么？"他问，"你怎么知道的？"

"因为我看见了洛温娜。"在莱尔提起那些让我感到尴尬的话之前，我就脱口而出了，"因为那艘船我看得更清楚。你们知道我说的是真的。我是唯一有希望把洛温娜带回家的人。"我看向亚伦和莱尔，说："我是唯一的希望。"

莱尔低下了头。他知道这就是事实。

亚伦重重地出了一口气说："我和你一起去那个传送门，我陪着你直到你走过去。我尽我所能让你远离危险，好吗？就这么定了。"

我觉得自己被融化了。我不在乎他有没有和我一样的感觉，至少他想要照顾我。他是如此可爱。他让我……等等！我对他的感情更加强烈了。我不能让这种事发生！如果我不再处于喜欢和爱两种状态之间呢？如果因为他太可爱，我把喜欢变成了爱呢？

"亚伦，别这么闷闷不乐！"我说，我的语气完全没有被我的感情影响，"我会没事的。"

莱尔看着我。只有他知道我在想什么。"爱美丽，如果你下定决心的话……"他说。

"我想好了。"

"那么，我们将竭尽全力保护你，"他说，"但你得仔细考虑一下。我不会要求你这么做，我不会的！这也不合适……"

"你没有要求我这么做。"我打断了他的话，"我告诉你，我要去，我想这么做！"我不打算跟莱尔说清楚，但我必须为自己也为莱尔这么做。这不仅是我命中注定的一次冒险，也是我唯一能把洛温娜那个绝望的眼神从我脑海中抹去的方法。

莱尔的喉结上下蠕动了几下，然后他才开口："谢谢！"

他声音嘶哑。他笨拙地伸手握住我的手，捏了捏。

我不知道该说什么，我不确定我还能不能说出话来。不过，这不重要。过了一会儿，莱尔看了看手表，站了起来。"快到早饭时间了，"他说，"是时候出发了。"

"我们过会儿要去见你吗？"亚伦问。

"对。"他从背后的口袋里掏出一张纸展开，说，"今天早上你们和西普罗克学校进行接力比赛，下午在港口学习有关渔网的知识。活动之后你们在港口湾转转怎么样？我会告诉你们老师，我有一项特殊的任务交给你们，而且只有半人鱼能完成。"

"这与事实也差不多。"我说。

"不，听着，你确定要这么做吗？我不想……"

"求你了，"我拦住了莱尔说，"就算你用尽全力阻止我，我还是会这么做的。我们所有人都会没事的。我要把洛温娜带回家！"

"那我们待会儿见。"亚伦对莱尔说。

我们起身时，莱尔挥了挥手。"真的再次谢谢你！"他小声说。

我笑了笑说："不客气！"

说完，我们转身往回走，穿过马路，去和其他人一起吃早餐。亚伦牵住了我的手，我也紧紧地握住他的手。

"你感觉怎么样？"他问。

"感觉还不错。说实话，我感觉我很酷。"我说。

　　我不会让他知道这一切并且阻止我。但是一想到即将发生的事情，我的五脏六腑都在翻腾。我的意思是，虽然我迫不及待地想要出发，神奇的冒险是我最喜欢的事情；但如果我想得太多，就会不想去做，因为冒险很可怕，也很危险。

　　"不知道早餐吃什么，"亚伦说，"我的肚子都咕噜咕噜叫了！"

　　"没错，我也是。"我说。这是真的，我的肚子难受得像是扭成一团的渔网。

　　但这并不是因为饥饿。

爱美丽勇闯亚特兰蒂斯

"嘿，你觉得怎么样？"曼迪把她一直在弄的渔网掀开，盖在头上，说，"这是我的新淋浴帽。适合我吗？"

我大笑："我想你还不至于会引领新的时尚潮流。"我把我的渔网力作举在面前说："我的怎么样？我想我可以拿它当包用。"

曼迪研究了我的渔网。"嗯，只要你不介意弄丢你放在里面的所有东西。"她说着，将自己的胳膊穿过了渔网的洞。

"好吧，也许我们不是世界上最好的渔网编织人。"我承认。

我和亚伦早就把事情告诉了曼迪和肖娜。多笑一笑，做点儿不同的事情是很好的，可以帮助我转移注意力。

"好了，八年级的同学们！"普拉特老师一边说着，一边环顾四周，看着我们努力的成果，"我想我们都学到了很多关于渔网的知识。"然后她转向莱尔，莱尔正在帮助汤姆和麦琪完成渔网。"莱尔，我认为可以肯定的是，目前渔网制造行业不会有太多竞争。"普拉特老师说道。

莱尔站起来，微笑着环视着我们，说："你们做得都很好。"

"那么，有人愿意帮我们收拾东西吗？"普拉特老师问道。

有几个女孩儿举起了手。普拉特老师向她们点头，说："埃维和阿曼达，谢谢你们！你们能把海滩上的箱子拿来，帮我把所有的渔网都放进去吗？然后，每人可以找一个朋友帮忙，一起把箱子搬回房间。"

莱尔环顾四周。"我还需要一些人帮我把绳子系在码头上。"他看着我，摆出一副这就是你的好机会的样子，对着我说，"要一些游泳好的人……"

"我来吧！"我抢在其他人之前，大声说。

亚伦也迅速举起手来，说："我也去帮忙！"

"好的，"莱尔边招呼我们过去，边说，"我们需要半个小时左右的时间。"然后他转向所有人："其余的人可以和普拉特老师一起回去。希望你们下午过得开心。"

"是的，我想他们已经度过了一个愉快的下午。"普拉特老师回答，"孩子们，我们该说些什么呢？"

当全班同学向莱尔欢呼致谢时，亚伦和我走到了码头的尽头。我们等着其他人带着渔网和箱子离开。他们一走，莱尔就过来了。

他说："我们还有半个小时。我给你说一下我们的计划。"

莱尔说话的时候，亚伦和我挤在一起。"我仔细看了看，"他说，"我想出了三个原因来解释为什么一艘船无法逃离亚特兰蒂斯——即使它的船员或乘客都像洛温娜一样熟悉路线，逃离成功的可能性也微乎其微，几乎不可能。但是洛温娜毕竟是一名熟练的领航员，而且我们已经发现了这艘船，这让我觉得即便有微乎其微的可能性，他们依然在尝试。"

"继续说，"亚伦说，"哪三个原因？"

"第一，他们已经死了，我们去得太晚了。"

他的话使我的心情忽上忽下。我还没来得及说什么，他就继续说："但这不可能，否则我们根本看不到那艘船。"

"好吧，那剩下的原因呢？"我问。

"第二，他们还活着，但是船出了问题，他们没法回来。"

"那就是船帆破了！"我说，"是这样吗？"

莱尔摇了摇头："不仅如此，船帆破了可能只是其中的一个原因，也许船的引擎出现了问题——这样的话船根本没办法开，更不用说从亚特兰蒂斯回来了。如果是这样的话，他们还有一天时间来修理。"

"第三个原因是什么？"亚伦问。

"他们带走了亚特兰蒂斯的东西。"

"什么东西？"我问。

莱尔耸耸肩："我不知道。可能是某种纪念品，也可能是在亚特兰蒂斯偶然发现，然后带到船上的东西。记住，一旦你在那里，你就会被各种神奇而美丽的事物包围，那里也许比你去过的任何地方都漂亮，会有很多你想带走的东西。但不管是什么东西，如果它来自亚特兰蒂斯，被人带到了船上的话，船就无法离开那里了。"

"我明白了。"亚伦说，"我感觉第二种或第三种的可能性更大一些。"

"我也这么觉得，我真心希望事情是这样的。"莱尔转向我说，"但不管是哪一种情况，我们面临的困难都非常大。因为如果这艘船出了问题，你可能帮不上什么忙，除非你瞒着我们拿到了一个机械工程学位！"

我笑了笑说："我没有。但至少我可以让他们知道，他们的时间不多了，他们必须快点儿！如果是第三个原因，我可以让他们去搜查船上所有来自亚特兰蒂斯的东西，然后尽快还回去。不管怎样，有一点我们是肯定的，只要我们去试，他们就还有逃出来的机会。"

"有一扇小窗户。"莱尔说，"你只有 12 个小时多一点时间。你应该可以和他们一起回到船上，不会有什么问题的。但如果事情不顺利，在黄昏时这个传送门会再次打开，黄昏时分也就是逃出这艘船最后的机会。爱美丽，你确定你……"

"我确定，"我坚定地说，"什么时候出发？"

莱尔既感激又悲伤。他说："明天早上见。如果我们明天早上 6 点在深蓝湾集合，那我就有足够的时间在平潮前最后一次给你一些指导。"

"听起来不错。"我说。我竭力让自己的声音保持平静。这样他们俩就不会听出我的神经紧张得就像海浪翻卷起破碎的贝壳一样叮当作响。

"我还发现了更多关于传送门的情况，"莱尔继续说，"关于它的位置。"

"说来听听。"

"关于它到底在哪儿这个问题存在分歧，但似乎有两种可能性。第一，就是在那艘船消失的地方。我们只能希望那些支持这一理论的人是错的。"

"为什么？"

"因为那几乎不可能找到。传送门只会打开几分钟，即使你能找到那个把船吸进去的确切位置，也没有足够长的时间让你钻进船里去。"

"那么另一种理论是什么呢？"亚伦问。

"这艘船有一个'弱点'。"

"弱点？"我又重复了一遍，"你是说，比如，在它建造的过程中形成的'弱点'？还是别的什么意思？"

莱尔摇摇头，说："是另一种'弱点'。那些支持这一理论的人说，在船上会有一个信号最强的地方，那里的视野最清晰。"

莱尔说话的时候，我确信我知道那个地方在哪儿，那是我见到那艘船以后，脑海中时常浮现的一个地方。在那里，我几乎觉得自己可以把手伸进船舱——那个地方就是我见到洛温娜的那个舷窗。

莱尔已经没有必要做进一步解释了。"那些人说的是对的。"我说。

他点了点头。他也知道我的意思是什么。"是的，"他说，"我明白了。"

"在哪里？"亚伦问。

"舷窗。"

"是的，我知道你指的是传送门。可是你说它在哪儿呢？"

"我没有说传送门，"我坚持说，"我是说舷窗，舷窗就是那个传送门的位置。"

"哦。"亚伦皱起了眉头，说，"真奇怪。"

"是啊。"

在亚伦和我还没被舷窗和传送门的区别搞得晕头转向之前，莱尔继续说："还有两件事。"他在口袋里翻来翻去，掏出几张叠好的纸。"我设法拿到了乘客名单。"他一边说，一边打开名单，然后把它们平铺在膝盖上。

"哇，你是怎么做到的？"亚伦问。

莱尔淡淡地说："我在这个行业里有各种各样的熟人。"然后他把名单递给我，里面有乘客的名字和照片。"船上有 6 名船员和 12 名乘客，"他接着说，"我把他们的照片都给你了。在你走之前，努力记住他们的脸。这样你到了那里，就可以更快地找到他们。"

但愿我能到那里。

"照片数量比实际人数要多。"亚伦说。

"我知道，其余的都是他们的家人。"莱尔回答道。

"为什么我需要他们家人的照片？"我问。

"你不需要，但他们需要。这些照片会帮助他们回忆。"

"让他们想起家人吗？"亚伦问，"难道他们真的在 5 天之内就忘记了家人？"

"对他们来说不是 5 天，而是已经 6 个月了。"莱尔提醒他，"等爱美丽去找他们的时候，情况会更糟。这不仅仅是时间长短的问题，而是因为亚特兰蒂斯的魔力。它让人失去记忆，迫使你不再去想以前的生活，让你相信亚特兰蒂斯就是你想要的一切，你所知道的一切。"

"所以这些照片是为了让他们想起以前的生活？"我问。

"他们的真实生活！"莱尔纠正我说，"你可以告诉他们你所知道的，可是他们没有亲自感受，是不会相信你的，所以必须要有他们可以拿着或看到的东西，照片是必不可少的。"他又把手伸进口袋，拿出了一个迷你雪球。

他把雪球递给我，里面的雪花忽明忽暗地飘落下来。当雪花落下之后，我明白了他为什么把它给我。这里面是一张照片，和莱尔家的那张一样，照片上他和洛温娜在一起，在他们的婚礼上，微笑着。

我从他的手里接过雪球，不用他解释我就知道这是用来干什么的。

"洛温娜会记起你的。"亚伦说。

我想起了她的眼神，她的绝望。"她一定记得你！"我补充道。

莱尔还没来得及回答，我们就听到身后有人喊叫，大家都转过身，看到一些来自布莱特港中学的孩子回到港口了。"我们最好现在回去。"亚伦说。

莱尔让我们等一下。他说："爱美丽，最后一件事。你必须记住，你对亚特兰蒂斯的力量和魔法也没有免疫。虽然你只会在那里待 12 个小时，但即使是这样，也足以让你开始忘记你为什么会在那里，甚至你来自哪里。你必须保持清醒并坚强。"

说着，亚伦卷起袖子，取下手腕上的手链。我以前见过这条手链，他告诉我那是他爸爸去世之前送给他的。亚伦把它摘了下来。

"伸出你的胳膊。"他对我说。然后，他把手链戴在我的手上，紧紧地扣上扣子。"它会使你想起我，想起家乡！"他说。然后，他吻了我的手腕。

"别对我这么好。停下来，别这样！你会让我⋯⋯"

"好了。你最好现在走。"莱尔打断了我的思绪，他说，"去找其他同学吧，现在好像是自由活动时间。"

我回头瞥了一眼，看到我的同学穿着短裤和 T 恤向海边跑去。有那么一瞬间，我羡慕他们的天真，羡慕他们对这一切一无所知。

"明天我们跟普拉特老师怎么说？"亚伦问。

"就说我们和西普罗克学校的同学在一起。"我建议。

"我不想你们对老师撒谎。"莱尔说。

"那就不要这样说！"亚伦说，"我来吧！曼迪和我来解决这个问题。"

莱尔微微举手投降："好吧！听着，我同意你来解决，只是……"

"就这么说好了。"我坚定地说。在他又想劝我别再干了之前，我们开始返回海滩。"明天见。"我们在山顶分开时，我对莱尔说。

莱尔回答说："我对你感激不尽。"说完，他转过身去。过了一会儿，他走了。

我们看着他离去。"来吧，"亚伦说，"让我们加入其他同学的队列，假装什么都没有发生，你觉得怎么样？"

我往下看时，看到曼迪和其他人一起过来了，她向我们招手。也许我们可以去找肖娜。在太阳落山之前，我们四个人可以去海里玩一会儿。和朋友们玩一个晚上，这个夜晚我可以把那艘船、那些失踪的人、亚特兰蒂斯以及所有的这一切都抛在脑后。

"听起来不错。"我一边说一边脱下鞋子，然后开始跑起来，"我们比比谁先跑到海边！"

我们玩得很开心。时间过得很快，不知不觉就到了早晨6点。我不确定用"开心"这个词来形容我的感受是否恰当。当我们把所有的事情都告诉他们之后，亚伦、曼迪、肖娜和我整个晚上都在一起，我们在海里追逐、赛跑、潜水，一起欢笑。我们都很开心，我虽然也在笑，但内心深处一直在想，这是不是我的最后一个夜晚，不仅仅是和这几个朋友，而且是和每一个人。我想到了爸爸妈妈，在他们看来，我正在参加一次很好的地理实地考察。可是，如果我再也回不去了怎么办？如果我再也见不到他们了怎么办？如果……

不！我不能那样想。再这么想下去，我就不想去了。我必须去，这是我欠他们的——我欠被困在亚特兰蒂斯的繁荣二号上所有的人。我整晚都在了解他们的故事，竭力记住他们的脸。经过几个小时的辗转反侧，星期三的早晨已经来临，我们即将在朦胧的月色中朝大海游去。

"嘿，停下来。"亚伦突然对我说道。

"啊？"

"不要再想了。我都能听到你在想什么。"

"你能……"

亚伦把一只手搭在我肩膀上说道："放轻松，我不会读心术。

我是说我能猜到你在想什么。你会成功的，一切都会好起来。"

"嘿，伙伴们！"曼迪边喊边沿着马路朝我们跑过来。我把亚伦的手推开。

"有什么事吗？你怎么这么早就过来了？"曼迪赶上我们时，我问道。

"我来为你送行，祝你好运！"她一步一步朝我走来，说，"你自己保重！如果你不回来的话，我可要生你的气！"

我把她拉过来抱住她，说："谢谢你！曼迪。嘿，我很快就会回来。"

她抱了我一会儿，说道："最好是这样，鱼姑娘。如果没有最好的朋友陪在我身边，这周剩下的时间会很无聊的。"曼迪停了下来。"我的意思是，我不是那个意思……"她结结巴巴地解释，"我知道你还有其他最好的朋友。我只是想说……"

我打断了她。"我知道的，"我说，"你也是我最好的朋友。"

曼迪皱了皱眉头，我猜她是想掩饰笑容。"好吧，"她说着，双手插进口袋，"好了，你走吧。今晚见，好吗？"

"一定！"我回答道。

亚伦和我默默地走到深蓝湾。我们面临着太多的未知和挑战，不知道该说些什么。

莱尔已经在那儿了。肖娜也来了，她的尾巴不安地来回摆动，仿佛在海面上跳舞。她说："你要去做这么危险的事，我肯定要来送行。"

我们跳进海里去找肖娜。我的腿咝咝作响，在疼痛中变成尾巴。我瞥了莱尔一眼，他也和我一样。他化成人鱼的样子让我有点不习惯。这突然让我想起，我们对他、对这个地方、对这一切都知之甚少。一阵恐惧穿过了我的整个身体：我究竟在做什么？

"这是你改变主意的最后机会了。"莱尔说道，他似乎已经听到了我的心声。

我脑海中浮现出洛温娜的样子，浮现出那艘船。尽管想到这些让我感到有点内疚，但即将进行的冒险活动还是让我很激动。当然，我也很害怕。但一想到要去探索亚特兰蒂斯这样一个有魔力的神秘的地方，我不由得兴奋不已。

"我是不会改变主意的。"我坚定地说。

莱尔点点头，问："准备好了吗？"

我拍拍夹克口袋，里面的东西我要随身携带。我把莱尔给我的那些名单和雪球放在普拉特老师给的防水袋里。

"我给你的手链戴了吗？"亚伦问道。

我举起戴着手链的手。

"好了，出发！"莱尔说，"我们要和你一起游到海湾边上去。"

我们一起离开了小岛，游出了海湾，迎着潮水，游向海峡，游向黎明，游向那艘船。

游向亚特兰蒂斯。

第十五章

彩色的传送门

　　我们游到了我以前见到这艘船的那个海峡。我看了看表，早上 6 点 35 分，离涨潮还有 5 分钟。

　　"祝你好运，爱美丽！"莱尔说，"我不胜感激。"

　　我朝他点了点头，什么也没说。

　　然后肖娜一把抱住我。"千万，千万小心！"她说。

　　"我会的。"我向她保证。

　　"你一定会成功的。你要顺顺利利地完成这件事，然后平平安安地回来。"

　　"我会的，我保证。"我说。我希望自己能像刚才说的那样坚定地相信这句话。

肖娜放开我之后，摘下别在胸前的海星胸针。"来，拿着这个。"她一边说着，一边把胸针递给我。

"这个有什么用？"我从她手里接过胸针问道。

"这是备用的，万一亚伦给你的手链掉了。"她说，"把它别在你衣服上最显眼的地方。"

我把海星胸针别在靠近肩膀的位置，并把它紧紧地扣住。"谢谢你！"我说道，然后最后一次拥抱了她。

"也谢谢你！"她说，"你那么优秀，能成为你最好的朋友我感到很自豪。"

在亚伦过来的时候，肖娜放开了我，游向莱尔。亚伦什么也没说，只是张开双臂。我向他游过去，他紧紧地抱住我——他抱得那么紧，以至于我想永远待在他怀里，什么也不做。

亚伦把我的手拉到他怀里紧紧握住。"祝你好运！"他说，"我会时时刻刻想着你。"

"我也是！"我说。

"不！别想我，想想你去那里要做什么。照顾好自己。如果你出了什么事……"

"我不会有事的！"我说，"我会平安回来的。"

亚伦举起我戴着手链的那只手，吻了吻我的手腕。

"停下来！停下来！你对我太好了！"我心想。

我猛地把亚伦从我身边推开。他往后一跳，问道："怎么了？"

"我只是……"我又看了看表，早上6点39分，时间快到了，我说，"我得走了，再过两分钟船就要到这儿了。"

就这样，不等其他人说什么——或者感觉到别的什么之前——我甩了甩尾巴，转过身，朝着那艘我和肖娜玩时曾经看到船的确切位置游去。

6点41分。海水渐渐平静下来，鱼也停止不游了。一切都静了下来，海峡似乎变得更暗了。

然而船还是没有出现。

6点42分。

"你看到什么了吗？"肖娜问。

"还没有。"我回答道。然后我转过去问亚伦："亚伦？你看到什么了吗？"

他摇摇头："船还没出现。"

6点43分。离黎明只剩3分钟了，传送门马上就要打开了。但如果没有船，也就没有传送门。

是不是我们来得太迟了？这艘船永远消失了？

"等等！我好像看见什么了。"一束闪烁着的微光，一个轮廓出现了，是那艘船——它就在那儿！"你看见了吗？"我大声喊了出来。

"没有！"亚伦回答道。他当然看不到。莱尔说过，如果船上的人不再想回来，那艘船现在只有同时处于四个中间地带的人才能看得见——这意味着我是唯一能看见它的人。

"你看见了吗？"亚伦问。

船越来越显眼了。它看起来更像是个幻觉，而不是真实的船，但它就在这里，而且时间每过一秒，它就变得更大一些。"差不多。"我说。

6点44分。离黎明还有两分钟。这时无数个惊恐的念头涌上我的脑海：如果我找不到传送门怎么办？如果我被困住了怎么办？如果我回不来怎么办？如果我再也见不到亚伦怎么办？

最后那个想法就像电流一样击中我的大脑，提醒我该做什么。我现在不应该这么想，这种想法是危险的。我必须处在喜欢和爱的中间状态才行。我必须保持理智并集中注意力。

"我要去洛温娜待着的那个舷窗了。"我说，"我需要在传送门打开之前做好准备。"

"我和你一起游过去。"亚伦回答。

"我会为你祈祷、祝福，把全世界所有的好运都送给你。"莱尔补充道。

"爱美丽……"肖娜低沉地说道，"我不知道你是否还能听到我说的话，但如果你能听到，祝你好运！我知道你会干得很漂亮！"

我暗自发笑。"漂亮"，只有肖娜会这样形容。她总是能让我开心。我环顾四周，几乎看不见她，但我知道她在那里。

"谢谢你！"我对着平静的大海喊道。

亚伦在我旁边。"来吧，"他说，"我们得走了。"

我们一前一后，沿着海峡前进。在我们游的时候，船忽隐忽现，一会儿变成一个透明的图像，一会儿又清晰可见。

"你还是看不见吗？"我对亚伦喊道。

"看不到。但这并不重要。重要的是你能看到。"

我们的时间越来越少了。我和那艘船的联系又一次减弱了，而传送门还没有打开。当我们游到船边时，我看了看表，早上6点45分。离黎明还有一分钟。

我们游过一个又一个舷窗。游过每一个舷窗，我都会往里面看一眼，里面漆黑一片。

然后我们终于游到了要找的那个舷窗——我曾见到洛温娜的那个舷窗，它就在船身的中间。我停了下来，凝视着那片黑暗，什么都没发现。我检查了一下舷窗的边框，注意到上次我来的时候，玻璃上有一点磨损的油漆。它现在还在那里。绝对是这个舷窗，不会错的。

"现在6点46分了，"亚伦说，"你准备好了吗？"

我的心就像船的引擎一样不停地狂跳。"准备好了。"我说。

我们等待着。大海仍然静得像空气一样。舷窗的另一边一片黑暗，宛如黑夜。船瞬间变模糊了。

"我该怎么办？"我问，"我该如何让传送门出现呢？"

"我不知道。也许……"亚伦说道。

"等一下。"我打断了他。我好像看见了，在我们上方，有微弱的灯光在闪烁。黎明到来，太阳升了起来。然后我看见了舷窗，那个舷窗变成了传送门。

"在这儿！"我低声说。舷窗的玻璃闪闪发光，颜色不断变换。首先是深紫色，然后是蓝色，再然后是淡紫色、粉红色、黄色、绿色……最后舷窗变成五颜六色，就像在放烟花一样。

"你得走了！"亚伦说，"抓紧时间，我们不知道还剩多少时间。"

他说得对。我摆动尾巴，游到舷窗边。

游向那烟花般的色彩时，我的恐惧消失了。舷窗的玻璃融化了，那里有斑斓的色彩、闪烁的亮光和一个足够我游过的空间。

我一直想来这里，这儿好像有一种魔力吸引着我，让我想要靠近它。这让我想起了第一次在学校游泳课下水的情景，这种既害怕又无法抗拒的感觉是一样的。

我游到舷窗前停了下来。

"祝你好运，爱美丽！"我隐约听到亚伦的声音。我想转身向他道别，但他已经消失不见了。

"一会儿见。"说完我转身游到舷窗边。我犹豫了片刻，穿过了那扇舷窗——传送门，游进了斑斓的色彩中，游进了闪烁的亮光中。

突然，我的身体就像在电流中移动。每一根神经末梢都颤动着，既兴奋又害怕，这种复杂的感觉太难受了，我都想折返了。但想到来这儿的初衷，我还是继续坚持游了下去。

我感觉越来越痛苦。那些看起来诱人的光,现在似乎变成了一种可怕的能量。我感觉它们在攻击我:咬我的皮肤,咬我的尾巴,抓我的脸。

不!我不行了!我突然想不起来我为什么要来这里。这种感觉实在太痛苦,令我难以忍受。

我试着往回游,但没有路。舷窗变成了一个完全封闭的空间,我陷入了光的旋涡中。

"救命啊!"我开始大喊,"我要出去!"可是没有人听见我说话。

我使劲地摆动尾巴,挥舞着胳膊。我就像被放进洗衣机里一样来回旋转着。

不!不!不!我再也受不了了。我已经没有力气了,我出不去了。

然后我想起了来这里的目的。

我这样做不是为了好玩,也不是为了我自己,而是为了莱尔和洛温娜。

一想到洛温娜那双惊恐的眼睛和莱尔那张悲伤的脸,我又重新振作了起来。我集中注意力,把尾巴想象成螺旋桨,把手臂想象成最强壮的鱼鳍,用尽最后一丝力气向前推。

渐渐地,周围好像发生了一些变化。我开始感到那种能量不那么强了,光也稍微暗淡了一些。这给了我一点儿信心,我拼命地游,胳膊抡得像风车一样。

当我筋疲力尽快要放弃的时候，光线变得柔和了起来，体内的刺痛感突然减少了，我的尾巴不再有像是被上百条鲨鱼撕咬的痛感。光逐渐变暗，然后完全消失了。这时，我发现自己已经在船里面了。

四周一片漆黑。

"爱美丽。"我听到有人叫我，尽管声音很微弱。

我回头看来时的地方，发现斑斓的色彩已经消失不见了，没有一丝存在过的痕迹。这里只是一扇普通的舷窗。之前，我通过这扇舷窗看到了洛温娜。

只不过这次我是在船里面。

第十六章

迷失魔力之城

我想可以用四个字概括我当时的感受：极度恐慌。

我是说，我已经不能正常思考了。我刚才穿过的那扇舷窗实际上是传送门。就像穿过一场"流星雨"一样，我进入一间黑漆漆的船舱，停在一艘不知道是否真实存在的船上。我现在只身一人，有可能被永远困在这里。

我只剩下恐慌了。

我在黑暗中游着，试着厘清思绪。时间不多了，不能浪费。

我挽起袖子，在手表上设置了一个 12 个小时的倒计时。然后我发现，船舱并不是完全沉没在水中。我向上游，探出头来，抖掉头发上的水滴，看到船舱倾斜着，有一半淹没在水里。

我和亚伦在海里游了好长时间才找到它，它怎么会只有一半在水下呢？

我觉得这将是接下来的 12 小时中等待我解答的第一个问题。

我把袖子放了下来，努力平稳自己的思绪。一时兴起，我又拉起一只袖子，看着亚伦给我的手链，用手摸了摸它。手链会保护我的安全，也提醒我来这里的目的，还提醒我要回去。

我看了看手表上的倒计时，11:57，3 分钟已经过去了。得赶紧行动了。

我摆了摆尾巴，慢慢地通过黑暗的船舱，朝着一扇门游去，穿过那扇门，我来到了一条长长的走廊。我飞快地游过走廊，不久就到了门厅。

门厅中有一个楼梯，可上可下。该往哪边走呢？

我游到墙上的一幅画前，那是这艘船的导视图。画上的箭头标明我现在正处于船中央，也就是第三层。我的上下各有两层。根据导视图，我知道自己现在在客舱。下面一层是船员舱房和接待区，再下面一层是用来装船上的发动机和货物的。

我上面一层有餐厅、商店和露天休息室。再往上一层，前面是船长的舱房，那里有光滑闪亮的甲板，我见过人们在上面来回走动。

我游到楼梯的一半，就离开了水面。我坐在一个台阶上，等待尾巴慢慢成双回腿。然后，我尽可能轻手轻脚地抓住扶手，爬上第四层甲板，因为整艘船都是倾斜的。

我沿着走廊朝商店走去。"有人吗？"我蹑手蹑脚地走进商店，环顾四周，空无一人。

其中一面墙的架子上摆满了钥匙扣和杯垫，旁边有一幅这艘船的照片，上面写着"繁荣二号"。架子因为船的倾斜也向下倾斜，上面的东西都滑落到了底端。

这家商店一看就是废弃了。柜台后面的地板上散落着一些铅笔和一盒磁铁。衣架上挂着的 T 恤也全都滑落到一边。

我又朝餐厅走去。桌子上摆满了好久没有用过的盘子和碗，咖啡机旁边放着没洗的杯碟。我拿起其中一个杯子看了一眼，发现它已经长毛了。

看来这个地方完全被遗弃了。人都在哪儿呢？

咖啡机后面的一扇门是半开着的。我小心翼翼地走过去，推开门问了一句："喂？有人在吗？"

还是无人应答，这让我感觉毛骨悚然。好吧，其实这已经远远超出了让人毛骨悚然的程度，可以称得上阴森恐怖了。

到底发生了什么？洛温娜在哪里呢？船上的客人和船员又在哪里呢？

我看了看前面的休息室，空无一人。走廊和接待区也一样。这艘船像是一座鬼城。

最后，我爬到了顶层，推开一扇厚重的玻璃门，走了出去。

迎面而来的空气温暖又舒适，就像……像什么呢？这是我从未有过的感觉。它像融化的焦糖一样光滑，像夏日一样温暖，又像毯子一样舒适，瞬间抚慰了我忧虑的心。

就算这里没有人也没关系。

事实上，我已经沉浸其中，有点儿忘记我要找谁了。

我面前是一间木制的小屋和一个小水池。它看起来像是浴缸，里面的水静止不动，浴缸的边缘长了一层绿苔。和其他东西一样，它显然也被搁置好几个月了。

我沿着倾斜的甲板滑到了船一边的几把躺椅旁，然后打开手边最近的一把直接坐了上去。我可以躺在这儿尽情享受美好的一切。

阳光洒下来既温暖又柔和，我从未感到如此祥和、安宁和快乐。我愿意永远待在这里。

我躺下来，卷起袖子准备享受这日光浴……

等等！我胳膊上是什么？手链！这是我男朋友亚伦给我的。

我直呆呆地坐了起来。我到底在干吗？我不是来这里晒日光浴的！我是来找洛温娜和其他人的。我怎么会忘记呢？难道亚特兰蒂斯已经在我身上施了魔法吗？

我从椅子上站起来，抓住栏杆，向外张望。我看到的只有蓝色，这是我见过的最蓝的颜色。湛蓝的天空一直延伸到大海，两者融为一体，很难分辨出哪里是蓝天、哪里是大海。

我转过身，从斜板爬到对面的甲板上。我的眼前顿时一黑。阳光太刺眼了，我不得不用手遮住眼睛。过了好一会儿，我放下了手。终于，我看清了眼前的景象。

一个美丽的、波光粼粼的蓝色海湾，后面是一座小岛。在我面前的是一片棕榈树环绕的海滩，看起来像是只会出现在明信片里的天堂美景。海滩后面的桥、小溪、瀑布，都在闪闪发光。再向后望去，岛上的房屋都依山而建，高低不一。房子呈现出上百种淡雅柔和的颜色，坐落在绿油油的山坡上，看上去就像是用最鲜艳的色彩画出来的一样。

我咽了咽口水，凝视着小岛。那一刻，我只想去那里，迫不及待地想过去。

那时我才知道，我不只是在看一座古老的岛屿。

我是在看亚特兰蒂斯。

我从船上爬下来，潜入蓝色的大海，离开了这艘船，向亚特兰蒂斯进发。

大海是蓝绿色的，海水清澈见底。近处沙滩上的沙子洁白又柔软。一棵棕榈树从海滩的两端水平伸出，好像要把它们的树叶浸在海水里。

海边的沙滩上有一个码头。我从水里爬出来，坐在码头的一端，把身上的水抖干，双腿也渐渐成形。

我沿着码头走向沙滩，有两个人来迎接我。一男一女，他们的脖子上都戴着五颜六色的花环，在码头的另一端朝我微笑。

"欢迎你！"那个女人说。接着她紧紧地拥抱着我，就像我是她的一位失散多年的朋友。

那个男人把他的花环递给我。"欢迎你！"他一边说一边把花环给我戴上，"希望你在这里过得开心。别客气，尽情玩。"

女人拉着我的手，他们俩带我一起走过沙滩。我一脚踩下去，像是走在棉花糖上。

这时女人停下来，弯下腰伸手从沙子里拿出一个篮子。"这从哪儿来的？"我想。

她拿给我说："给，你尝尝。"

我惊讶地盯着篮子，里面全是粉色和白色的棉花糖！哇！这也太神奇了吧！

我看向她。她笑了笑说："吃吧，这些都是给你的。"

我从篮子里拿了一把棉花糖，吃了起来，幸福得快要晕过去了。这是我这辈子吃过的最软最甜的棉花糖。

"谢谢你！"我咕哝着，嘴里塞满了棉花糖。

她又笑了，然后指着沙滩以外的一个地方。"看到前面那座桥了吗？通过它就可以到城里。"她说，"那里很有趣。如果你遇到困难的话，身边的人都会帮你的。"

桥下是一条河，河水清澈，在阳光下发出像钻石一样璀璨的光。

"谢谢你！"我说。我已经迫不及待地想去那儿了。

男人在另一个篮子里翻找东西。"给，"他说，"这是送给你的见面礼。"

"你们已经送了我一个花环和一堆棉花糖了！"我笑着说。

我爱这些人！

他摆了摆手，说："这个礼物很适合你。"说着，他从篮子里掏出一只手镯，上面是一排闪烁的小钻石，是用我所见过的最精致的金链子串在一起的。

"喜欢吗？"他问。

"我太喜欢了！"我激动地回答。这是我见过的最漂亮的手镯。我想一直戴着它，戴给……给谁看呢？我一时间想不出任何人的名字。

对了！我会让我在这里遇到的每一个人都看一看！我会穿上和这个女人一样的羽毛上衣，戴上漂亮的新手镯，然后翩翩起舞，永远待在这里，成为最幸福的女孩儿！

"把手伸出来。"男人说着，解开了手镯的扣子。

我伸出胳膊。不，等等，不是这只，这只手上有手表。

我拉起袖子，又伸出另一只胳膊……然后我看见了亚伦送给我的手链。

不！怎么又这样！我又一次忘了我在哪里，我来这里做什么了！

我偷偷瞥了一眼这对男女，他们都在朝我微笑。难道他们也不知道自己在哪里？他们真的不知道这是什么地方吗？

我把袖子放了下来，结结巴巴地说："实际上，我……呃，我觉得我应该先四处看看，看看还有没有其他的东西，再决定买不买。"

女人放声大笑。"我们不卖，亲爱的，"她说，"这里没有商店，所有东西都是免费送的。"

我咽了咽口水，嘟囔道："如果可以的话，我……还是先到处逛逛。"

男人把手镯放在我的手心里，握住我的手，然后告诉我："不管怎样，我们都希望你开心。"

我把手镯戴在手表旁，轻声说了句："谢谢你。"手镯很漂亮，我想着留着它也没什么坏处。

女人温柔地摸了摸我的胳膊，我没那么紧张了。她说："别担心，我们会照顾你的。"

我想朝她微笑，但怎么都笑不出来，就好像嘴被粘住了一样。

"好，谢谢你们。"最后我终于磕磕巴巴地表达了我的谢意，然后朝着桥走去。

我能看到桥那边的人，也许他们就是我要找的人。我必须找到他们，同时我也需要时刻提醒自己来这里的目的。

我看了一眼倒计时，11:08，只剩下 11 小时多一点儿了。我得加快速度了，一个小时都快过去了，我还没开始。

在桥上，我看到对面是一条铺着鹅卵石的狭窄街道，两旁有五颜六色的房子，一直向上延伸到远处的一座小山上。房子的颜色和形状各不相同，从淡粉色到明黄色都有。我还看到了许多圆形的房子，房顶上都有像羽毛一样的烟囱，旁边是高高的塔楼，看起来有点儿古怪又十分可爱，这让我想起一本儿童故事书中的图画。

我从桥上走下来，走在鹅卵石街道上。我听到有人在唱歌，歌声优美，让我感动得要流泪了。我停下脚步，环顾四周。

歌声停止了。

咦？歌声是从哪里传来的？怎么又没有了？街上有一些人，但都是三三两两在随意嬉笑聊天，并没有人在唱歌。

我摇了摇头，继续往前走。然后，歌声又响起了。这时我才发现是鹅卵石发出来的声音！我一走起来，地上就闪烁着灯光，放起了音乐。

大地都在为我歌唱？

我赶紧把手举到眼前，看看亚伦的手链。我必须牢牢记住我来这里的目的，否则会再次迷失在这个魔法世界。

还是忙正事吧。我继续向前走，边走边仔细观察路上的每一个人的脸，却一无所获。

我沿着鹅卵石街道拐了个弯，面前是一扇天蓝色的大门，通向另一条路。大门有一股新油漆的味道——这是我最喜欢的味道之一。我靠着门闭上了眼睛，这种味道总能让我兴奋得忘记烦恼……

等等！亚特兰蒂斯又一次让我失去记忆！

我低头看了一会儿肖娜给我的胸针，把它深深地印在脑海中。然后我重新振作起来，推开了门。放眼望去，眼前是一片田野。

然后最奇怪的事情发生了。我进来后随手把门关上，一回头，鹅卵石街道不见了！取而代之的是一片花海，开满了白色和黄色的雏菊，它们随风轻轻摇摆，仿佛在向我招手。

怎么会这样呢？

事情是怎么发生的并不重要。我必须继续往前走。我关上门，转身向花海走去——可是花海也不见了。现在我看到的是一个人来人往的大型溜冰场！事实上，我不只是看到了。我已经穿上溜冰鞋站在溜冰场的中间。

一大群面带微笑的人把我团团围住，他们手拉着手，一起笑，一起滑冰，一起摔倒，再互相搀扶着站起来。

我从未尝试过滑冰，但一直都认为它很好玩。我曾经看过一个真人秀节目，明星们在里面学滑冰。我想如果有机会的话，我愿意试一试。而现在我就在这儿滑冰！

好像这个地方能读懂我内心的想法和愿望——甚至那些我从来没有大声说出来的东西——现在，它们都变成了现实。

那肯定是不可能的，这一定是巧合。

不管怎样，我只有大约两秒钟的时间来弄清楚怎么滑冰，因为溜冰场中间已经挤满了人。

我先伸出一条腿，然后是另一条——不知道怎么回事，几乎不费什么力气，我就能平稳地向前滑去。我做到了！我学会滑冰了！

我在冰面上滑行。我向前滑，向后滑，在冰上旋转——就好像我已经滑了一辈子冰一样。这真是太神奇了！

滑冰真是太有趣了——我对着每一个经过我身边的人微笑，并与他们握手，我们跟着周围的音乐一起滑冰。我真希望我能和别人一起分享这一切！

和谁呢……

他叫什么名字？我怎么记不得了？

我现在很紧张，越滑越紧张。我怎么了？我想不起任何人的名字。我对朋友、父母、老师、男朋友的印象都很模糊，他们在我脑中都是朦胧的，他们的影子、轮廓，都是不真实的。

"你的手腕。快看看你的手腕。"我脑子里有个东西在督促我集中注意力。

我挽起袖子，看了看手腕。我戴着一只手表。有趣的是，时间正在倒流！10:41，54秒，53秒，52秒，51秒。为什么我手表上的时间在倒流？有些东西给我的感觉很熟悉，但我想不起来是什么？

另一只手腕。

我卷起另一只袖子，猛然想起来了——就像我猛地撞到了溜冰场的边缘一样。亚伦的手链！我的男朋友。回来……回来……他在哪里？我在什么地方？我在这里做什么？

我跌跌撞撞地从溜冰场上走下来。就在我离开的那一刻，溜冰场消失在我身后，仿佛它从未出现过。我来到一个广场，四周都是树木和摊位。人们熙熙攘攘，有说有笑，互相点头致意。每个摊位上都散发着阵阵香味。有橘子、玫瑰、爆米花、棉花糖……我能想到的每一种美好香甜的气味都在这里。突然，我非常想吃爆米花。

"给你，亲爱的。"一个男人说。他甚至都没有问我就递给我一袋爆米花。

我惊讶到忘记拒绝——而且它闻起来就像我这辈子吃过的最新鲜、最甜的爆米花。我从他手里接过袋子，坐在喷泉前的长凳上。

有人曾警告过我，亚特兰蒂斯是神奇而令人眼花缭乱的，但我没想到它会如此神奇——或者说是如此怪异。爆米花——哇！太美味了！

等等，是谁和我说过亚特兰蒂斯的事？有什么东西在我脑海中划过？有人告诉过我这件事！

莱尔！就是他告诉我的！

当然！我突然想起我为什么在这里。我有事要做。

我一边吃，一边从口袋里掏出几张纸来仔细研究。说实话，我真正想做的是享受这一刻，但我知道我必须保持理智，记住我为什么在这里。我边吃爆米花边强迫自己读上面的东西。

我又记了一遍这些面孔，然后把纸折起来放进口袋，环顾四周，到处都是人。我要找的人肯定在这里的某个地方，对吗？

我的脑袋被面孔、名字、景象和气味——还有太多的信息搅得晕头转向。我必须清醒一下。

我转向喷泉，捧起满满的一捧水，闭上眼睛，把水泼在头上和脸上。这正是我所需要的——清爽凉快。

太棒了。太……

等等！怎么什么声音都没有了？

我睁开眼睛。广场消失了。我一个人坐在河边的一块岩石上，双手仍沾着水。

我跟跟跄跄地站了起来。这个地方太疯狂了！如果我连路都找不到，我怎么能在这里找到人呢？

我卷起袖子，决定不管发生什么事，都要时刻把手链放在我的视线之内。我会让自己不断地看着它，强迫自己记住。我也低头看了看胸针。肖娜和亚伦已经竭尽全力保护我的安全了，剩下的事情就得靠我自己了。

我看了看倒计时，10:28，还有十个半小时。一个半小时已经过去了，而我却毫无进展。

凉水至少使我的头脑清醒了。我环顾四周，从岩石上站起来，朝着几块可以通向河对岸的垫脚石走去。

我走上桥时，我向自己保证不会再迷失。亚特兰蒂斯可以随心所欲地打乱我的想法，但我不会放弃。

我会找到繁荣二号的乘客。我会把他们都带回家。

我有任务要完成，我不会失败的。

第十七章

与时间赛跑

我过了桥，看着河水变成了一条乡间小路。我沿着小路走，拐了个弯，发现自己正站在一个舞厅的中央。它的天花板上挂满了闪闪发光的吊灯，每个角落都有明亮的烛光。在房间的一头，一支庞大的管弦乐队正在演奏。我站着看了一会儿。一秒钟后，一个穿着晚礼服的男人握住我的手，和我在地板上跳起了华尔兹！

我们在舞池里旋转着。我闭上眼睛，放声大笑。当我再次睁开眼的时候，我正坐在一辆马车里，在游乐场上兜风。我气喘吁吁，不断地眨着眼睛，周围的世界也在旋转。我又眨了眨眼睛，突然就到了过山车的顶端。我往下看，看到这个城市到处都是高耸的摩天大楼。然后过山车飞快地冲进一条隧道，把我带到了一个鸟语花香的山谷里。

每一次穿梭都会把我带到比上一个更精彩、更令人兴奋的地方。每眨一次眼睛都会改变我眼前的景象。每扇门都会把我带到一个新的地方。我的每一个想法都会变成现实。

在所有的场景中，都有一群面带微笑的快乐的人。

但我还是认不出来他们。

我坐在一片云上，云变成了一个巨大的豆荚。就在片刻之前，这片云还是一段楼梯，现在已经乱作一团了。

我看了看倒计时，8:41，已经过去 3 个多小时了。时间就像沙子一样从我的指缝间滑过。

我开始恐慌。我能感觉到我的胸口、我的大脑、我的皮肤都在恐慌。我浑身上下都被疑问和焦虑刺痛。我不知道怎么办了，不知道如何走出这里，也没有信心继续下去。

当我几乎快要迷失的时候，当我觉得不可能在这里找到我要找的人的时候，当我的每一个念头都转向……

等等！

所有这些事情都是按照我的想法产生的：棉花糖、钻石、华尔兹。也许我可以想想我要找的那些人——或许想想他们，他们就会出现！

这值得一试。

我从豆荚里爬了出来——豆荚变成了一只英国牧羊犬，它叹了口气，蜷缩着睡着了。我抓起一个麻袋，坐在上面，一直往下坠。当我飞快地一圈又一圈地下滑时，我闭上眼睛，在脑海中回想着这些人的名字，一个接一个地想象着他们的脸。

我在慌乱中绕圈，风吹过我的头发，我紧闭双眼，直到……

"哎呀！哎哟！"

我降落在一片海绵状的绿色田野中。

"对不起！"一个声音说，一只手伸了过来，他想要扶我起来，"你没事吧？"

"我很好。是我的错，对不起。"我结结巴巴地说。我把腿往下一蹬，然后爬了起来。我抬头看着他，似曾相识。

他是繁荣二号的乘客吗？我找到他们了吗？这个方法起效了吗？

"你确定你没事吗？"那人又问。"你似乎受到了惊吓。来，过来坐下。"他指着田边说。那里有一扇门，门边有一张木凳。

我们穿过大门。

门的另一边是一个热闹的广场，或者说跟我刚才看到的广场非常相似。

这个人似乎对周围场景的变化并不困惑。他只是坐在广场中央的一张木凳上，示意我也坐下。

"你像是见了鬼。"他说。

"啊！我没事的！"我竭力让自己镇静下来，回答道。

那人疑惑地看着我。就在他看我的时候，我注意到他左眼上方有一道伤疤。是的，没错，他绝对是那艘船上的一个人——我敢肯定。

他站起来要走。"好吧，如果你确定你没事……"他说。

"不！等等！"我把手伸进了口袋，抓起那张写着他们名字和贴着他们照片的纸。他又坐了下来。

我的手指在名单上划过。他在这里！灰白色的卷发，黄色的开襟羊毛衫，绿色的眼睛，前额左侧有一道伤疤。这个人肯定是他！

"等一下。"我恳求着，然后匆匆浏览照片旁边的信息。他叫托尼·梅森，57岁，他的妻子叫奥利维娅，他们刚刚庆祝了银婚纪念日。他们预订了船去度假，但是奥利维娅在假期前一周病倒了，所以他就和女儿夏洛特一起来了。我还有一张奥利维娅的照片。

托尼环顾四周，用手指轻敲膝盖，面带微笑地看着一个骑着独轮车玩杂耍的人。我抬头看了一会儿。那个玩杂耍的人在骑自行车的时候，手里拿着大约15个圆锥体，这些圆锥体在他手里被绕成了完美的圆圈。这不可能。太神奇了！

在这里很容易分心。我强迫自己集中注意力。

"梅森先生。"我轻声叫道。

他一直盯着杂耍演员。

我清了清嗓子。"托尼。"我更坚定地说。

他不再看杂耍演员，转向我。"你怎么知道我的名字？"他问。

"我……嗯……"

"我们没见过面，是吧？我很确定。"

"不，我们没有。你不认识我。但是我，嗯，实际上，我也不认识你。"

托尼笑了。"嗯，这也是个好的开始。"他说，"不管怎么样，我很高兴能交到新朋友。你和你的父母一起来的吗？"

我摇摇头："一个人。"

托尼皱起了眉头："好吧，太糟糕了。我们必须照顾你。我看看能不能找到……"

"不，我很好。"我打断了他的话。

"哦，好的。"托尼回答。他看起来很震惊，我猜在亚特兰蒂斯人们不会打断对方讲话。

"对不起，"我接着说，"只是……我不需要你的帮助，我是来帮助你的。"

托尼盯着我看了两秒钟，突然大笑起来。"帮我？"他问。他伸出双臂，仿佛要把广场、田野和整座岛屿都拥入怀中。"我有什么需要帮助的？我想要什么就有什么。"他解释道。

我咽了下口水。我能做到吗？我还有别的选择吗？

"不，你并不是什么都有。"

"我没有什么？"他问道。他的眼睛闪闪发亮，好像我在开玩笑。

我打开纸，指着奥利维娅的照片，并把它递给他："你的妻子。"

托尼的眼睛快速地闪了一下，好像只有一纳秒。然后他从我手里接过纸，把它拿到脸前，又放到一臂距离的位置。他看着我，突然从木凳上跳了起来，好像凳子着火了一样，低声说："你从哪儿来的？"他的脸色变得苍白。"我在哪儿？"他环视着广场，转过身来问，"这是什么地方？奥利维娅怎么了？"

我不知道应该从哪里开始回答他的问题。每个问题可能都需要一个小时来回答——而我们没有那么多的时间。

"你还记得她吗？"我反问道，"你还记得你的妻子吗？"

"是的，是的！我当然记得她。我们要去庆祝我们的银婚纪念日。"托尼一屁股又坐回到木凳上继续说，"这将是一次终生难忘的旅行，但奥利维娅病了，她让我和夏洛特一起去。"他边说边点头，慢慢想起了真实世界的生活。"好像出了什么事故。我不太记得了，当时我正在午睡。再往后，我只知道我在这里醒来。"他补充道。

"所以你还记得你怎么来到这里？"我问。

他点了点头："就像上周发生的一样。"

我决定不告诉他那实际上就是上周的事。

"我们在这儿已经住了 6 个多月了，"他接着说，"将近 7 个月了。我们已经把这儿当成了自己的家。我以为这是我唯一的家。"

托尼惊恐地看着我，然后他说："我抛弃了我的妻子。夏洛特和我都把她忘得一干二净了！我们曾一起欢笑、一起嬉闹、一起分享美食，一直生活在一起，可怜的奥利维娅……"他摇摇头，说不下去了。他低声说："她一定担心得快发疯了。"

"其实并没有几个月。"我说。他需要知道真相。"才刚刚六天。"我接着说。

托尼哼了一声，说："我真希望是这样，但你错了。我们在这里已经生活了很久，我们……"

"在亚特兰蒂斯，时间的运作方式是不同的。"我打断了他，"这里的一切都是不同的。"

他停了下来，张着嘴，盯着我。

"听着，关于时间这件事情我没有足够的时间向你解释。"我说，"但是请相信我，我是来帮助你回去的。"

"回到奥利维娅身边？"

"是的——如果你愿意的话。"

"我当然想要回去——只要夏洛特也能一起回去！"

"我希望繁荣二号上的每个人都能回去。"

"太好了。请告诉我需要做什么？"

我从口袋里掏出另外几张纸，递给他。"这些人你认识吗？他们是和你一起在船上的人。"我说。

托尼从我手里接过纸，飞快地翻阅着。"他们我都认识，"

他说，"这里有船员，也有乘客。"

"这张纸上应该有船上的所有人。我们需要找到他们，把他们带回船上。"

"如果他们不想回去怎么办？"

"如果你只是告诉他们这件事，他们可能不愿意回去。他们会像你一样，认为这里是他们的家，并且在这里生活得很快乐，不会有任何离开的想法，所以我们不能强迫他们。"

"当他们意识到自己生活在一个梦幻世界时，他们会想回去吗？"他问道。

"我想会的，这个梦幻世界很快就会结束。"我说。我解释了这六天的情况，以及六天结束后他们将会永远消失，也就是说，在今天结束的同时，他们的生命也将永远结束。

"那我们就不能浪费时间了。"托尼举起纸说，"我们给他们看这些？"

"是的。我们需要让他们想起自己的家人以及家人的名字，给他们看看这些照片。只要看到这些，他们就能想起来一切。如果你能帮我找到他们，我很乐意和他们谈谈。"

"当然。现在就走吧。"

托尼还在浏览那张纸。"等等，少了一个，"他说，"那个年轻的女人——洛温娜，她不在这里。"

"是的，不在。她的情况有些不同。"

托尼把头歪向一边。"你知道吗？我以为她是亚特兰蒂斯人。

我记得她不在船上——但当我醒来时，她和我们就在一起。刚开始的几天，我并没有质疑，因为那时我们都被吸进了亚特兰蒂斯。可是怎么没给她准备照片呢？"

我把手伸进口袋，摸了摸莱尔给我的雪球，它还在那里。我用手紧紧握住它，回答说："我会想办法的——如果我能找到她的话。"

"我们会找到她的。我们会找到他们所有人的。加油！"托尼说。然后他把我给他的那张纸折起来，放进了口袋。

"不能这样做！"我说。

"不能做什么？"

我指着他的口袋："把它拿在手里，你要一直看着它。"

"为什么？"

"如果你不这样做，你又会忘记的。"

托尼笑了："又忘记奥利维娅？从来没有！"

"你会很吃惊的。亚特兰蒂斯的魔力强大到令人难以置信。请不要冒险。"

托尼眯着眼睛看了我一会儿，点头表示同意，然后从口袋里掏出那张纸。"好吧。"他说着打开它，又看了一眼妻子的照片，"我不会认为任何事都是想当然的。开始行动吧！我想找到我的女儿。"

"好。我们得快点儿。"我说。我看了看倒计时，8:17，只剩下8个多小时了！几乎三分之一的时间已经过去了，而我只找到一位乘客。"这艘船需要在接下来的 8 个小时内离开，否则它将永远无法离开。"我补充道。

托尼已经在赶时间了："我知道他们大多数人都在哪里。我们会找到他们。"

我们匆匆穿过广场时，一个问题在我的脑海中萦绕。

我们真的有机会在这场与时间的赛跑中获胜吗？

当我们穿过此刻变成隧道的拱门，踩着用巨大的珍珠做的垫脚石跨过河流，又从已经变成蹦床的桥上侧身而过，奔跑在弯弯曲曲的像巨蟒一样的鹅卵石街道上时，我明白了一件事。

我们一定会成功的。

第十八章

团结的幸存者

　　托尼信守诺言。他知道大多数乘客在哪里。一个小时后，我们找到了 9 名乘客和大部分船员，包括船长。只有 3 名乘客、一名船员以及洛温娜还没有找到。我们没有向他们解释任何事情。托尼只是让大家跟我们一起来，而且告诉他们这件事很重要。

　　我们在一片岬角上停下来休息，俯瞰着一片广阔的粉红色海滩和波光粼粼的蓝色海湾。

　　"爸爸，你还没解释发生了什么事呢？"托尼的女儿夏洛特问道。

托尼瞥了我一眼，我点了点头。在他给大家分发纸张的同时，我们一起给大家解释了发生的一切。我讲述了关于亚特兰蒂斯的事情，以及能来到这里是因为他们在海上迷失了方向。我还讲了今天一天结束时会发生什么——这是他们逃脱的唯一机会。

我一个一个凝视着他们的脸，他们在亚特兰蒂斯的"美妙"生活的迷雾渐渐被揭开，他们开始回忆起过去的时光——原本真实的生活。他们得知真相，并从震惊中恢复过来后，就想找到其他乘客，尽快起航。

至少，大部分人都有这种想法。

一个还没有开口说过话的年轻人举起了手。

"什么事呀，艾伦？"托尼询问道。

艾伦朝我们挥了挥手上的纸张，然后耸耸肩问道："如果我不想离开这里怎么办？"

"你不想离开这里？"托尼又重复了一遍他说的话，感到难以置信，"你刚刚难道没有听我最后半个小时讲的话吗？你知道你现在身在何处吗？你还记得以前的生活吗？就是原本真实的生活，你忘了吗？"

艾伦又耸了耸肩，脱口而出："知道啊，你说的这些我都知道。"他举起纸上的照片继续说："而且，我还清楚地记得那一天我的未婚妻离开了我，就在我失业的那个月，在我们的房子被收回的几天以后。"

　　一时间没有人开口说话，气氛变得沉寂而紧张。

　　最后，艾伦又像夏日的微风一样轻柔地说："那我为什么还要回到过去呢？"

　　一个女人走到艾伦身边，抚摸着他的胳膊安慰道："哎，真是糟糕透了，你这个可怜的家伙！"

　　艾伦咕哝着："詹娜，谢谢你。"

　　托尼皱了皱眉头说："艾伦，亚特兰蒂斯其实不是你想的那样。它……"

　　艾伦摇摇头："对不起了，朋友们，如果你们想走就走吧，我就想留在这里。"

　　我看向托尼。我们现在明明有机会帮助艾伦逃离这里，怎么能让他留下呢？按照莱尔所说，这是一个千载难逢的好机会，一个选择生存的机会。

　　托尼静静地说："你不能留在这里。"

　　艾伦坚定地反驳道："我喜欢这里。我以前从没感受过这种快乐，从没交过这么多朋友，从没……"

　　"艾伦，你的朋友现在都在哪里呢？"托尼问道，"不是指我们，也不是跟着我们来的那些人，而是在我们之前来的那些朋友，他们现在都在哪里？"

　　艾伦注视着他。"他们……"他满脸疑惑，嘟哝着，"让我想想，他们都去哪里了呢？"

　　"我爸爸说得对，"夏洛特继续说，"那些人来自宜科利普斯，你还记得吗？那艘船在我们来之前的一周到达这里，但是最近还有人见过他们吗？"

一个上了岁数的老人说道："我们有些时日没看见那些人了，我刚才还在想呢。"

"那艘船上的船员们怎么样了？它叫什么？"托尼继续问道。

夏洛特问："是叫'蓝色台风'吗？"

"就叫这个。"托尼回应道，"他们现在在哪里啊？他们已经不见了。那两个划桨手呢？那艘船上的人呢？豪华游轮上的人呢？他们都消失了，比我们先到这里来的人全都消失了。"

"那他们现在到底在哪里啊？"艾伦问道，"他们究竟发生了什么？"

詹娜清了清嗓子说："我想我们心里都清楚他们的遭遇吧。回想一下宜科利普斯人走的那天晚上，他们都在这里——那可能是他们最快乐的时候，所有人都那么开心。那天晚上晚些的时候，天上的星星特别多，还记得吗？我们还讨论过呢。"

有几个人点点头，想起了亚特兰蒂斯让他们遗忘的事。

"我不敢肯定，但是我想天上的那些繁星可能就是他们。"詹娜接着说，"我唯一确定的就是第二天一大早，他们全都走了。也许地上留有尘土，也许花儿还为他们盛开，这些我都不确定，但我敢肯定我们再也没见过他们。他们全都走到了'路的尽头'，总有一天，我们也逃不掉的。"

"詹娜说得对，那两个划桨手走的时候，也发生过同样的事，"夏洛特继续说，"我本来忘得一干二净，但现在又想起来了。那天晚上天上有两颗特别亮的星星——把整座小岛都照亮了，持续了一到两个小时。"

"等今天快要结束的时候，你们也会是这样的结局。"我接着说，"你们绝对不能再待在这里了，你们任何人都不能。家不是你想回就能回的，这是你们唯一逃离的机会。"

"你也听见她说的话了，再过几个小时，一切就都结束了。"托尼直截了当地说，"事实就是如此，这里……"他挥动双臂指向岬角，指向海湾，指向小岛，指向所有的一切接着说："现在就是这样，我们无处可去，我们身处两个世界之间。伙计，这都是幻觉，一到今天晚上，中间地带将会消失，亚特兰蒂斯也将不复存在。你将会消失，一切就这样结束了。艾伦，如果你需要我帮你解释清楚，没问题，今天结束之时，也就是末日来临之时，你会死的。"

艾伦面容失色。

托尼看着他说："所以，你的决定是——和我们一起逃离这里，还是我们离开之后，一个人在这里死去？"

艾伦半天没有说话，大家都沉默着。气氛很紧张，让人不禁屏住呼吸。

艾伦小声嘟囔着："好死不如赖活着。"

感谢老天啊，我可算松了一口气。我看了看倒计时，7:03，已经过去近 5 个小时了，我们只剩下 7 个小时了。

托尼走过去，握着艾伦的手说："好样的，我们会照顾你的。"

我说："没错，快点儿！我们当务之急是找到其他的同伴，并把他们带回船上。"

"我知道亚历克斯和菲尔在哪里。"一个女人说道，"那儿有一个公园，他们下午经常去，而且加比是亚历克斯最好的朋友，她应该也在那里。如果加比没在的话，他俩可能知道到哪儿能找到加比，我现在就去找他们。"

"太棒了。"托尼说道。他快速地翻着手上的纸张，给了她其中三张纸。"你一定要保证把这些交给他们。"他叮嘱道。

"记得在路上一直看着你的家人的照片，"我补充道，"在这儿很容易忘事的。"我说的话倒是给自己提了个醒。"洛温娜呢？"我问道。

船长向我走来："我知道怎么找到她，她和米里亚姆在一起，米里亚姆是我的最后一个船员。如果你能找到这个公园的话，就一定能找到她们。"

托尼接下了这个任务："好，没问题。船长和爱美丽一起，珍妮特找其他伙伴。剩下的所有人都跟着我，先收拾好你们的东西，然后一起回到船上。一会儿见，我们一个小时后在顶层甲板上会合怎么样？"

"等一下！"我大喊道。托尼提醒了我最关键的一个点，每个人都把头转向我。

"还有最后一件事，"我说，"你们什么东西都不能带，在亚特兰蒂斯得到的任何东西，比如衣服、食物、珠宝，无论什么东西，都坚决不能带走。"

一个年轻妇女问道："这是为什么啊？"

"如果你离开亚特兰蒂斯的时候带了这个地方的东西，那么船就走不了了！"我解释道。

我说这些话时，才发现我也带了亚特兰蒂斯的东西。我把花环从头上摘下来，才明白他们给我戴花环不仅仅是为了让我开心，还要带走我之前所有的记忆，这样我就会永远留在亚特兰蒂斯。"就像这样的东西，"我指着花环说，"凡是这里的东西，都不能带走。"

"真讨厌，"一位年长的男人喃喃地说，"看来我不能把礼物带给孙子了。"

"他们的祖父母还活着，这才是你带给孙子们的礼物啊，路易。"他的妻子回答说。她用手肘轻轻地推着他，指着他胳膊上那只漂亮的金表："这块表也是这里的东西，摘下来吧。"

"把一切都留在这里。"托尼说，"你们去岬角散步时，应该得到了很多东西吧。"

我解开我的钻石手镯，把它放在地上，同时，我用它许下了一个愿望——希望它能给在这里度过生命中最后一段日子的人带来温暖和幸福，给一个时日不长的人带来微笑。

　　我看了看表，现在倒计时是 6:47，我们还有近 7 个小时的时间。"好啦，出发！"我说道。

　　我和船长一起离开广场，他说叫他菲尔就好。"我知道一条近路。"他边说边向前走。我不得不跑起来紧跟着他。

　　我们离开了广场，我跟着他走上了一条蜿蜒的小道，和其他的路一样，这条小道也是由鹅卵石铺成的，古朴典雅。小道两边熠熠闪光的白色房子有木制的百叶窗和粉彩的墙壁。不论在什么情况下它们都格外漂亮，我都想悠闲地漫步于此，细细欣赏。

　　菲尔打断了我的思绪，他问道："你准备好和我一起抄近路了吗？"

　　"我想我准备好了。"我回复道。我很奇怪为什么要我做好准备，我只要跟在他后面就行了，难道不是吗？

　　"看到路尽头的那堵墙了吗？"他问道。

　　我向前看，那条路被一堵巨大的砖墙挡住了，墙上绘着彩色壁画。

　　"天哪！"我停下脚步，说，"我们为什么要来这里，这是个死胡同啊。"

　　"看那幅壁画，"菲尔督促我，"你都看到了什么？"

　　我眼睛盯着壁画看。"呃……画上有一座房子，有架梯子靠着它，梯子上有个男人站在上面擦窗户。"我又细细品味了一下说，"这画栩栩如生，不是吗？"

"没错，我第一次看见这幅壁画时，也是这么想的。确实栩栩如生，事实上……"菲尔指着壁画说，"你看见下面那扇门了吗？就在梯子底部边上。"

我朝着他指的方向看去，有一扇鲜红色的门，带着闪闪发光的黄铜把手。它是那么有光泽，简直像是刚画上去的。"我看到了。"我说。

"你需要握住门把手，它会帮你通过这堵墙。"

"可这不是真的把手，只是一幅壁画啊。"我反驳道。

菲尔看着我。"这可是亚特兰蒂斯。"他解释道。

他没错，自从我来到这里，还经历过比从壁画上的一个门穿过去更离奇的事情，我们继续向前走。

"你要有自信才行，走到壁画上，伸手去触碰门把手，它就会在你的手里复活。一旦你感到刺痛，转动它，门就会打开。准备好了吗？"

"应该准备好了。"

菲尔停了下来说："等一下！我前几天和朋友一起试过，我通过那堵墙了，但我朋友没有。"

"你觉得它对我也不起作用，是吗？"

他摇摇头："不是这个意思，我试过几次，发现一次只能让一个人通过。你先去，我在这儿等几分钟，确保你能通过，如果你没有再回来，我就猜你顺利过去了。我会在船上等你，准备好了吗？"

我心跳加速，恐惧的不仅仅是要通过这堵墙，还有墙那边未知的世界。我真的是去见洛温娜吗？

"嗯，我准备好了。"我回答道。说完我大步走向那堵砖墙，走到了壁画上黄铜把手的位置，然后径直向门里走去，而这扇门在几分钟前，还被溅了几滴油漆。

我睁开眼，环顾四周，周围是美妙绝伦的景色。

在我的一边，目之所及是一片花海：有鲜红色的、深蓝色的、亮黄色的、纯白色的——百花争艳。空气中弥漫着花香，闻起来好像是某个人发明的完美无敌的香水味。

在我的另一边，一座桥从野花丛中延伸出来，架在一条河上，那条河像美丽的宝石一样熠熠生辉。

我身后，原来的那堵墙现在变成了一排树，阳光透过树干的缝隙，交相辉映，就好像上面满是跳舞的精灵。

我的前方，河水流入一个池塘。在它的上方，是我见过的最高的瀑布，蜿蜒穿过岩石和树木，就像一个闪闪发光的帷幕落入了下方的水中。池塘旁边，有人躺在岩石上，沐浴着阳光。

洛温娜。

我向池塘走去，小心翼翼地跨过岩石，来到她躺着的那块岩石旁。

"洛温娜？"我小声叫着，伸手去碰她的肩膀。

她还是被我吓了一跳。"什么？怎么了？"她坐起来，眯着眼睛看看阳光，又注视着我问，"你是谁？"

"我……我是爱美丽。"我简单地说。

"等等，"她用手抚摸我的脸庞，小声地说，"我认识你，是吧？"

我不知道该怎么回答。我们上一次见面是透过舷窗击掌，这可不同于朋友初次见面的打招呼方式。

"我……嗯……"她继续说。听完她接下来的话，我才明白她真的不记得我了。她跪在岩石上，眯着眼睛看着我，对我说："你看着很眼熟，但是我不知道你是从哪里来的，你不是从亚特兰蒂斯来的吧？"

我意识到应该如何回答她的问题，我不需要言语。比起向她解释发生的一切，我有一个更好的办法。我把手伸进口袋，掏出莱尔给我的雪球。当我把雪球递给她时，洛温娜倒吸了一口气，用手捂住自己的嘴。

她轻轻地从我手中接过雪球，说："不！我不相信！这不可能……"她低下头，紧紧地握着雪球，仿佛它是失传已久的传家宝。我看着她，一滴眼泪从她脸上滑落下来。

我笨拙地向她伸出手。"你还好吗？"我边问边拍了一下她的胳膊。

洛温娜点点头，又抬头看着我。她用手背揩去脸颊上的泪水。"想想在我身上发生的事情，真的太震惊了。"她说，"我们总觉得我们都不会受影响。"

"亚特兰蒂斯的影响？"

洛温娜点点头。"时间过去多久了？"她急忙问道，"在你的世界里，多久了？"

"你消失的那天是上个星期五。"

"所以说上个星期五就是第一天？"

我点点头："今天是第六天。"

洛温娜脸色惨白，白得就像她身后瀑布的泡沫。"第六天？"她吃惊地问。

我又点了点头："莱尔说，过了今天……"

"我知道！"洛温娜说。她伸手打断我，神情渐渐放松。"我的莱尔，"她声音沙哑，"他怎么样了？"

我想了想他整个星期的状态：深陷的眼窝，没洗的衣服，苍白的皮肤，但随后我想起了他今早来送我时那一脸的希望。真的是在今天早上吗？感觉就像几天前一样。"他很好，"我说，"他希望你能回家。"

"我已经很努力了。"洛温娜说，"我们到这里时，船就已经破败不堪了。说实话，我至少花了一天的时间才从震惊中恢复过来。"

"你知道你为什么可以这么快就缓过来吗？"我问道。

洛温娜喘了口气，闭上双眼。"我只知道我被地震困住了，撞到船时，我离船太近了，我没有逃生的机会，我们都没有机会。"她说话时声音嘶哑。

我说："不好意思，你不必讲这些伤心事。"

　　"没事，讲一讲也好，我需要记住这些。"她把手放在我的胳膊上，说，"我们的时间还够吗？"

　　我看了眼手表，6:23，我们还有差不多 6 个半小时。"足够了。"我说。

　　洛温娜朝着通向河对岸的一排垫脚石走去。"快来，我们边走边说，从这里走。"她说。

　　"米里亚姆怎么样了？"我问道，"船长说她和你在一起。"

　　"这就是去找她的路。"洛温娜一边回答，一边伸手来扶我走过垫脚石。然后她指着我手腕上亚伦给我的手链，问道："这是你的'雪球'吗？"

　　"嗯，我想是的。"

　　"好，这一点很重要。"

　　"我知道，我们继续走。"我边说边从垫脚石上跳到河对岸。"接下来发生什么了？你到这里之后发生了什么？"我问。

　　"船已经快报废了。"她边走边说，"出于工作的原因，我知道我们只有几天时间来修船，在我们不想……在我们被亚特兰蒂斯吸引之前。其他大多数人甚至在我们之前就离开了，他们完全被亚特兰蒂斯的魔力所迷惑。有些人本来跟在我们后面，但他们后来都走了。"

　　"所以说你试着修过船？"

　　"是的，'试过'。引擎坏了，但我想办法找了几个志愿者来帮忙修理船帆。只要修好了，就有机会回去，但我们还是失败了。"

他们的第一次修理，应该就是我们在五湾岛见到他们的那一次。

"不过，我的同伴们不够坚定，没有继续努力。"洛温娜接着说，"我们的努力不足以对抗亚特兰蒂斯在我们周围施加的魔力，我们很快就妥协了，但船长除外。"

"菲尔？为什么他除外？"

"这也是我一直在思考的问题，我觉得最大的可能就是他是一个航海老手。他一生都在船上工作，也许他获得了某种免疫力。我也不清楚，我只知道他抵抗亚特兰蒂斯的时间更长。"

"但还是不够长？"

"不，我们一起努力工作……我不知道要多久。我们又尝试逃跑了几次，但船帆太脆弱了，我们走不远。不过我们已经开始修理引擎，我们一起断断续续地工作着。而且，我每天醒着的时候都在计算着回家的路程，我们离家非常近了。"

"那后来怎么样了呢？"

"菲尔像其他人一样屈服了。他反抗过，让我时刻提醒他挂念他的妻子和孩子。我也经常这么做，但最终，我的提醒还远远不够。"

"不，你需要一些看得见、摸得到的东西，比如照片。"我抬起手腕，说，"或者这个。"

洛温娜看着我说："你为此做了很多，对吗？"

　　我耸了耸肩，说："莱尔比我做得多。"

　　她点头说道："总之，就是这样。船长也不干了，只有我一个人还在想办法回去，但这几乎不可能做到。没过多久，我迷路了，当时船上只有我一个人。我感到绝望、害怕。"

　　我说："大概就在那个时候，我看到你了。"

　　洛温娜顿了一下，低语道："对，所有的事情我都想起来了。你当时在窗边！你就在舷窗外面！"

　　我点头："所以我才知道你没有永远消失。"

　　"我也没有坚持太长时间。不久之后，我就屈服于亚特兰蒂斯了。"她抱住双臂说道，"不得不承认，想抵抗亚特兰蒂斯的诱惑真的很难。"然后洛温娜紧紧地握着我的手。她就像在重复莱尔的话："你知道，对此我无以为报。"

　　我说："我还什么都没做，我们前方依然是艰难险阻。"

　　"你说得对，我们得走了。时间不多了。"

　　我看了一眼倒计时，5:22。还剩不足 6 个小时了。时间过得真快。"不，我们根本没有多少时间了！"我催促道。

　　洛温娜加快步伐："你找到其他人了吗？"

　　我点了点头："希望我们回到船上时，其他人都在那里。"

　　洛温娜把我带向了一个灌木林，说："那就只差我们和米里亚姆了。走吧，她就在这儿。"

　　我跟着洛温娜进入灌木林。我们把树叶踩得沙沙作响。树林里小鸟的歌声就像管弦乐队演奏的管弦乐一般，简直是天籁之音。

在我们前面，一个女人正在来回踱步。她肩上紧靠着一个东西。

洛温娜叫道："米里亚姆！"

米里亚姆转过头来。我看到她抱的是什么了——一个孩子！

我问："米里亚姆已经有孩子了吗？"

洛温娜笑了起来，她眼里发着光，那种我从未见过的光。"这不是米里亚姆的孩子，"她伸手接过米里亚姆手里的孩子说，"是我的，米里亚姆只是帮我带孩子，这样我才能睡一会儿。"

我看着那张小脸，她眼睛紧闭，鼻子小巧玲珑，眉头紧蹙，嘴巴一嘟一嘟的。

洛温娜又说："这是我和莱尔的孩子。她是个女孩儿。"

我继续看着她说："我，我不知道你有孩子了，莱尔没跟我说过。"

洛温娜顿了顿，轻声说道："莱尔还不知道。"

"但怎么……"

洛温娜憧憬道："我本来打算那晚告诉他的。我都计划好了要庆祝一下。"

"那晚？上周那晚？"

"对你来说，的确是上周。对我来说都已经是7个月之前了。她已经出生10天了。"

我喘了一口气。虽然之前已经被告知，亚特兰蒂斯的时间和我们的不一样，但是看到这样确凿的证据，还是让我大吃一惊。

这件事让我更加坚定了完成任务的决心。莱尔有了女儿，他自己都不知道！我们得把洛温娜和她的孩子带回家。一定要带回家。

我俯下身，想看得更清楚些。我凑近宝宝的时候，她睁开了眼睛，对我咯咯地笑。"她叫什么名字？"我问。

洛温娜苦笑道："她还没有名字。我知道，这很糟糕。尽管我渐渐远离了现实生活，但我内心深处一直在努力坚持着，我相信总有一天我会回到现实生活中去的——在她见到她爸爸之前，我不想给她起名字。不知为何，就是感觉不对。我叫她'我的宝贝'。"

我用手戳了戳宝宝的小脸蛋，说："我理解，她会见到她爸爸的，我保证。"

洛温娜朝我笑了笑，轻声说道："走吧，大家等着我们呢。我们路上再向米里亚姆解释。"

我们三个人一起走着，我把一张印有米里亚姆儿子照片的纸递给了她，并和洛温娜给她讲了我们的计划。此刻，我要完成任务的决心变得越来越坚定。

只剩 5 个小时了，但如今没有什么能够阻挡我们。今晚我们就要离开亚特兰蒂斯。

第十九章

亚特兰蒂斯的孩子

这行不通。

我们以最快的速度赶回船上，在顶层甲板上和其他人会合。点完最后一次名，确认所有人都在后，我们便开始工作了。

船长还剩下些螺母螺栓有待调整。在这艘船迷失在亚特兰蒂斯之前，有些地方还没有修好。船长和其他几个人在下层甲板修了大约一个小时之后，引擎就可以发动了。

同时，洛温娜整理了航海图，并画出了回家的路线，这个路线图真的很复杂。

乘客们把绳索都收了起来，关好门，将松动的地方加固，并将船周围的溢出物以及杂乱的地方收拾干净。引擎正常发动，一切就绪，准备出发。

但我们还是哪儿都去不了，因为船一动不动。

我们甚至试着把船帆升高，也毫无作用。

除了船长，我们都来到了顶层甲板上。他还在里面想办法让船动起来。

"怎么回事？我们的船为什么不动？"一位女士问道。另一位白发老太太和她先生站在一起，说道："船锚检查过了吗？它没被卡住吧？"

"露丝，我们已经检查过船锚了。"洛温娜回答道，"船锚、船帆以及引擎都没有问题。我已经标好路线了。我们都知道这次旅途一定困难重重，没有多少人能够做到。但我们已经把所有坐标都输入电脑了，我们的船长也是最厉害的船长。我们应该可以起航了，但我不知道是什么在阻挡我们前行？"

我看了眼倒计时，3:37，不到三分之一的时间了。我感觉我的身体在颤抖，就像有一条惊慌的鱼在我肚子里游来游去。

我问："你们确定没有拿亚特兰蒂斯的东西吗？比如给家人的礼物？一些小玩意儿？珠宝？或者其他东西？"

查理说："我们把舱室、公共区域都检查过了，什么都没有。我们把找出来的东西要么留在岛上了，要么已经扔出去了。"

托尼说："为确保我们衣服里没有任何东西，我们还互相搜了身。"

洛温娜自言自语道："不对啊，我们应该可以起航了。"她一边说，一边晃动着宝宝，看着大海，又低声说道："船已经修好了，路线也规划好了，我们也没有从亚特兰蒂斯带走任何东西。"

忽然，我看着正跨坐在她的髋部被晃动的可爱宝宝，这一下子提醒了我。这一刻，我多希望我想错了。但我知道，我没有错。

我嘶哑地说："你身上有亚特兰蒂斯的东西。"

洛温娜转向我说："啊？"她转过来的时候，宝宝正在咯咯地笑着。

我清了清嗓子，极不情愿地告诉她："你身上有亚特兰蒂斯的东西。"我一直盯着她。当她看向我的时候，我知道她已经知道那个东西是什么了。

洛温娜脸色煞白。她低语道："不！不！"同时她用手紧紧地抱住孩子，我都担心她会把孩子挤扁。她站在那儿，一直晃着头，一遍又一遍地重复着那句话："不！不！不！不！"

米里亚姆走了过来，挽着洛温娜的胳膊，问道："什么事？怎么了？"

洛温娜还是摇着头。她的眼泪从脸上落下，滴到了怀里的褓褓上。

我沙哑地说："这事和孩子有关。"

米里亚姆继续说道："我不懂。孩子怎么了？"

洛温娜哭喊道："她是在这里出生的！她属于亚特兰蒂斯。只要她在船上，我们就逃不出去。"此刻她的声音就像动物受伤后的哀号一样。

我不知道我们沉默了多久。其实我之前推测得十分合理。我的倒计时显示，3:16。要逃出去，我们只有3个多小时了。但我们所面临的这个问题，不知道该如何解决，我也不清楚这个问题是否有解决办法。

洛温娜紧紧地把孩子抱在胸前说："我不会丢下她的，我不会离开她。"

另一名年轻女子走了过来，搂了搂洛温娜的肩膀安慰道："没有人让你扔下她，也没有人会这样想。"

洛温娜说："萨莉，我知道的。但这样的话，我们就永远不能离开了，除非……"她顿了顿说："除非我们留下来，你们回去。你们所需要的一切我都已经交给船长了。你们可以的。"

"你不能留下来，"我说，"你知道的，过了今天你就再也回不去了。"一想到莱尔苍白的脸，深陷的眼睛，以及送我离开时他眼里的希望，我更加坚定地重复道："你要跟我们一起走。"

洛温娜说道："但别无他法啊，我们留下来总比大家永远都困在这里强。"

我坚称："肯定有其他办法，一定有。"我的大脑正在加速运转。一定有办法。我感觉得到，有个想法就在我大脑某个角落里蠢蠢欲动。数字、时间、宝宝、传送门……

我思考时，感觉到洛温娜就在我身边，她抱着孩子，摇晃着、安抚着、低声安慰着孩子。实际上她才是那个真正需要安慰的人。

"你知道，我一直很奇怪。"她看着宝宝说道，"这孩子脸上总是流露出一种忧虑的神情，总是微微皱着眉头。我以前以为那只是她的脸型，或许她就是为这件事情担忧吧。也许她知道，我的宝贝一直都知道，知道我们注定要留下来。"洛温娜哽咽了，泪水从脸颊上滑落，落到了宝宝的头上。

"嘿，嘘，现在可别这么说。没有人命该如此。我们会解决这个问题，我们能想出解决办法的。"米里亚姆说道。

洛温娜摇了摇头，哭喊道："没有别的办法了，我受不了了。我对丈夫的爱和我对孩子的爱居然要把我拉向相反的方向。"

等等！就是这个。

"没有人会留下来的！"我说，"我们都能回家。我想到了一个办法。"

我跟他们说我的计划时，他们都安静了下来，紧紧地挨着我。"这里有一扇传送门，我就是从传送门过来的。它会在……"我看了一眼倒计时，2:51，继续说，"最后三小时内再次打开，只要平潮和黄昏时间保持一致，它就会一直开着。"

有人问道："那是多长时间？"

"我不知道，几分钟吧。在传送门里，你会忘记时间。"

　　有人嘟囔道："和这里的一切是一样的道理。"

　　我附和道："没错，我所知道的只是我被抛进了一个由光和电组成的旋涡隧道……"我看了一眼洛温娜。她把孩子抱得更紧了。我知道她不需要了解途中那么多细节。"不管怎么说，要不了多久。但时间已经足够长了。"我总结道。

　　露丝问道："足够长做什么？"

　　我说："回去。"

　　她问道："你的意思是你不和我们一起坐船回去？"

　　我摇了摇头："这次不是我。至少，我用过。"我又看了一眼洛温娜。我看得出来，她知道我是什么意思。

　　她轻声说道："你要让我们用传送门？"

　　"这是一个漏洞，是亚特兰蒂斯的一个小故障。这是一扇后门，溜进去没有人知道。这需要中间地带。黄昏和平潮便是两个中间地带。你自己必须再有两个以上的中间地带，才能起作用。"我转向洛温娜说，"你和我一样都是半人鱼。"

　　洛温娜说："这算一个，另一个呢？"

　　"你刚才说到自己，你的处境让你必须在回家陪伴丈夫与留下照顾孩子之间做出选择，你不可能选一个而放弃另外一个。你被困在两者之间。"

　　船长问："你觉得这有用吗？这能让她通过传送门吗？"

　　我回答道："我觉得这是我能想到的最好的机会，但这取决于洛温娜。"

洛温娜立即说："我会试，我会尝试一切。你们呢？"

露丝问道："我们呢？"

"如果我丢下你们，船回不去了怎么办？你们启程后，到达地震中我们落下的地方时，你们将会遇到巨大的磁电阻，那可能是毁灭性的，而我却不在那里帮助你们渡过难关。如果我回家了，而你们却被永远困在这里了呢？我不知道我是否能承受住。"洛温娜说道。

我说："一切准备就绪。你自己也说过，只要这个小亚特兰蒂斯不在船上，船就能回去。"我低头瞥了一眼小宝宝，她正幸福地睡在母亲的怀里，没有意识到她身边正发生的事情。

洛温娜点了点头。

萨莉问道："如果她们回不去了怎么办？如果你对中间地带判断错误怎么办？"

洛温娜回答道："我愿意冒这个险，只要我能和宝宝在一起，一切都值得一试。"

我说："这对我们所有人而言，都是回家的最好机会。"我的话引起了艾伦的注意。"虽然我并不了解其他人的情况，但我不会丢下你们任何一个人。"我继续说道。

艾伦朝我点点头说："我们都同意，这是最好的选择。"

洛温娜走到我这边，一只手挽着我说："这对我们所有人来说都是一场冒险，但你说得对，这是我们最好的选择，或许，也是我们唯一的选择。"她环视了一圈，对大家说道："来吧，让我们再试一次。”

洛温娜深情款款地跟大家告别。我跟她一起走到她的舱室。到达走廊时，我们慢慢地潜入水中。洛温娜的腿和我的一样，慢慢融化，然后融合在一起，变成了一条美丽的银色尾巴。

洛温娜抱着孩子，孩子也一半在水里，一半在外面。几分钟后，同样的事情发生了。她那双小小的腿也变成了一条小小的粉色尾巴。我觉得这是我见过的最可爱的孩子。

洛温娜看到我在看孩子，笑道：“聪明的小家伙，不是吗？”

“她真聪明！”

“好了，走吧。”洛温娜说道。然后我们便游向了她的舱室。

船上的计时器和我的手表是同步的，所以我们一起倒数，0:12，还有 12 分钟。时间就快到了。

如果一切照常进行，12 分钟后，洛温娜舱室里的舷窗会变成一扇传送门，她和宝宝就可以游过去，回到现实世界。她们一走，船就会启动。如果不动呢？如果我永远被困在这里呢？如果我再也见不到肖娜、亚伦、曼迪、妈妈、爸爸他们了呢？

“爱美丽。”洛温娜叫道。她打断了我的思绪。

“嗯？是的，什么？”

“你确定吗？”

我毫不犹豫地回答道：“当然，你呢？”我不想让她在这个时候跟我一样害怕。

洛温娜点头说道："听我说，如果它没有……如果我回不去……"

"你会回去的，别这样说。"

"我知道，我相信一切都会好起来的，但以防万一……如果我没有回去，如果这没有用的话，你能帮我做件事情吗？"

"当然愿意。任何事情都可以。"

"告诉莱尔我们女儿的事情。告诉他，女儿的眼睛和他一样。告诉他，女儿和我一样爱他。告诉他，我……"

我打断了她："这没必要。"我不忍听她说这些，好像她和孩子已经不能回去，好像她们已经成为过去了一样。

她坚持道："告诉他，我很抱歉，很抱歉没有亲口告诉他女儿的事情，很抱歉我把一切都搞砸了。告诉他一定要开心。你会为我转达吗？"

我点了点头，说不出话来。

洛温娜伸手轻抚我的脸颊，温柔地说道："你真是个勇敢的女孩儿。"她说话的语气像极了我的妈妈，我突然特别想家，想我妈妈。

她问道："我们什么时候出发？"我给她看了一眼倒计时，0:04。

"还有 4 分钟，你准备好了吗？"她说。

我怎么可能准备好了？我曾面对过坏脾气的尼普顿，还有一个心情不好的海怪，一个被冻成冰山的暴君，但他们没有一个比这次更让我感到害怕。不仅我一个人性命难保，一船人的生命以及一个襁褓中婴儿的生命都难保。我撒谎道："是的，我准备好了。"

我亲了亲宝宝的头，抱了抱洛温娜。"祝你好运！"我趴在她肩膀上轻声说道。

她紧紧抱住我，然后松开，中间隔了一臂长的距离。她说道："你也是，现实世界中见。"

但愿如此，我真的希望如此。

0:02。

"看。"我指着舷窗说。它已经开始闪烁了，就像当初我上船的时候一样——一百种不同颜色的光交融在一起，船身在嗡嗡地振动。这才只过了 12 个小时吗？我感觉更像是过了一个星期。

舷窗嗡嗡作响。我能感觉这里有电流。

0:01。还剩一分钟。

洛温娜看着我笑了笑，然后紧紧抱着她的美人鱼孩子，转过身，潜进水下，向传送门游去。

第二十章

逃出亚特兰蒂斯

0:00。时间到了。

我从船舱里向外看去，舷窗消失了，取而代之的是五彩缤纷的光，看起来就像是太阳光照射着无数的玻璃碎片，好像要烧穿这些玻璃碎片。强烈的光照使我不得不闭眼。

船舱摇晃着。我感觉自己就像坐在即将发射的火箭里，又像处在地震的中心。我蜷缩成一个球，感觉自己在水里不停地旋转，一浪接一浪的能量在我周围噼啪地燃烧、爆炸。

洛温娜和她的孩子刚好就在旋涡的中心。她们还能活下来吗？我睁开眼睛，眯着看向那束光，我还能看见她们。她们的尾巴尖一会儿消失在旋涡中，一会儿旋转着，最后消失在传送门的巨大的爆炸声中。

尽管光线十分强烈，我还是强迫自己睁大眼睛。我还能看到有一些东西在光里晃动。是尾巴吗？她们都还好吗？什么时候才能结束？

快点，快点过去！洛温娜渐渐消失的尾巴，变成了一个小圆点停留在我的视野里，我又盯着看了一分钟。接着，它停住了。

然后，一声巨响！随着最后一道亮光和咝咝的能量声，传送门就像电梯门一样关闭了。

此时，我独自一人挣扎着游到舷窗边上。船身依然一动不动，就像什么都没有发生过一样。外面，只有漆黑的、漫无边际的大海。

但这还不是全部使劲侧着耳朵，只能听到船上的咔嗒、咔嗒的发动机的声音。

船开始移动了。我们要离开亚特兰蒂斯了。

我祈祷洛温娜和她的孩子也能安全离开这儿。可是，麻烦马上就来了。

我离开了洛温娜的舱室，在走廊的时候，船猛烈地向一侧倾斜了。水冲倒了我，等我回过神来，发现自己正身处雷鸣般的、翻滚的巨浪中。

不知怎么地，我来到了走廊的尽头。我双手紧握着楼梯底部的扶手，身体却从一边被甩到另一边。水在我周围翻涌着。我向上方游去，从水里蹿出来，我的尾巴剧烈地抖动着，强烈的刺痛感随之而来。最后，我的尾巴变成了腿。

透过船边的舷窗，我一会儿看到的是天空，一会儿看到的是大海。就好像在船两边有两个巨人，正在猛烈地摇晃着船；也像一对校园恶霸在来回猛压跷跷板，而中间的孩子们正紧紧保护着自己宝贵的生命。

不仅如此，光线也在不断地变换。这一刻，还是明媚的阳光，下一刻，便是乌云密布，海水翻腾。就像白天和黑夜，晴天和风暴，希望和背叛交织在一起。

我看到有人在楼梯上，抓住了扶手。原来是那位白发女士露丝。"爱美丽！"她大喊道，"你没事吧？"

"我很好！"我答道，"发生什么事了？"

"我想这应该就是洛温娜提到的阻力。我相信很快就会过去的。不要慌，抓紧扶手！"

我试着照她说的做。我紧紧地抓着扶手，闭上眼睛，祈祷这一切快点结束。当我祈祷的时候，船一直不停地摇晃着，我们在船内，一下被抛向这边，一下又被抛向那边。这艘船就像一个顽童正对着厌烦的玩具宣泄一般。

"爱美丽。"有人摇了我几下，喊道。我把栏杆抓得更紧了。不！不！不要……

"爱美丽，你看。"我睁开眼睛，露丝正对我微笑，她指着舷窗说。

我抬头朝她指的方向看去，没有汹涌的海浪，没有暴风雨，只有大海。我回头看了看露丝。"我们成功了！"我低声说，"我们出来了！"

她伸手扶我起来。"多亏了你，我们成功了！"她说，"我们要回家了。"

我抓着露丝的胳膊，我们一起爬上了甲板。我看到了一群人正挤在甲板中间的木屋里。我们朝他们走去。

萨莉跑了出来，朝我们喊："爱美丽！露丝！"她把我们拉到人群中。"你没事吧？"她轻声问我。

"她很好。"露丝替我回答。

"洛温娜和孩子没事吧？"另一个女人问。

"能不能让孩子来回答。"托尼打岔道。

我环顾四周，每个人都正盯着我看。"我没事。"我说，"但我……我不知道洛温娜和她的孩子怎么样了，她们在传送门消失了。她们已经离开了船，所以我们才能出来。"

船好像在回应我，突然向左倾斜了一下，我撞上了露丝。虽然我们躲过了暴风雨，但这里还是有一些风浪。

我站稳后，说道："我不能肯定那之后发生了什么？我不知道她们还能不能回家？那个传送门太凶险了。"

一回忆起自己出来的那段经历，一想到洛温娜不断变小的身影消失在未知之中，我还是心惊胆战。"它就像个黑洞，可以毫无痕迹地吞噬你。"我喃喃着。

我环顾四周，突然——也许有点晚了——我意识到也许他们想听到的是好消息，而不是我内心的恐惧！

"但是，是这样的，我相信她们会没事的。"我很快补充道。

露丝微笑着说："我们现在也无能为力。我们正在回家的路上，无论发生什么，我们都会为此感激她们，也感激你。"

"听听！"她丈夫说。

其他人点点头。他们中有几个人甚至为此鼓掌。萨莉冲我笑着说："太棒了！爱美丽，你是个勇敢的女孩儿。"

我笑了笑，回应着。我很想知道她是怎么认为我很勇敢的。船还在晃得吱吱作响，上下颠簸，我们的旅程仍然漫长，充满了艰难和危险，我也只是一个感到害怕的孩子，我也想回家。

一切又开始变化了。风浪越来越大。

洛温娜提醒过我们这种情况还会发生。这是第二波阻力。这意味着我们的旅程即将结束，我们正接近吞没这艘船的震源。

作为领航员，洛温娜已经给了我们通过时所需要的一切东西，每一个详细的坐标，每一个指示。但是，我们还需要运气，因为没有人能指引我们回家。

零星的光亮渐渐消失，取而代之的是乌云。海面上波涛汹涌，波浪如同覆盖着白雪的小山。

船被掀到浪尖时，我们相互紧紧地抓着，生怕被甩出去。然后，我们在浪尖上摇摇晃晃——就像坐过山车到最高点，一下子俯冲下去的感觉。

一遍又一遍。猛地被掀上去，又猛地被摔下来。水从四面八方溢到甲板上，没有用螺栓固定的椅子在潮湿的地板上噼里啪啦地滑着，滑过甲板，滑进大海。

巨浪拍打着，咆哮着，一场狂暴的雷雨追着我们，把我们掀起又摔下，宣泄着它的狂怒。

我以前从未如此接近雷暴，也从未见过如此厉害的雷暴——即使是在尼普顿最生气的时候。

它不停地前进，怒不可遏。

一个念头在我脑海里一遍又一遍地浮现：在经历了所有的事情之后，我们会不会从船上被扔下去——失败在最后一关？

这是我脑海中的最后一个念头，突然一个浪头袭击了我们，我倒在了地上。

这就是我最后的想法了吗？我刚刚一定是昏过去了。我想我们全部人应该都昏倒了，我们都睁开眼睛，环顾四周，从地板上爬了起来。

结束了吗？我们挺过来了吗？我们还活着吗？

我站起来时，腿在颤抖，四肢都有擦伤，每一块肌肉都觉得疼痛，但我一点儿也不在乎。

"看！"其中一个人指着大海说。其他几个人已经跑到船边去了。

我走到他们跟前时，意识到两件事。第一件事：船是完全水平的。我们正航行在我所知的最平静的海上，几乎感觉不到我们在前进。第二件事：往前走，再往右一点，我就能看到陆地了。那不仅仅只是陆地，它还有一个名字——

五湾岛。

第二十一章

沃特斯一家团聚

　　我很快道别。在一轮含泪的拥抱和"祝你好运""我们永远不会忘记你！"的祝福之后，我从船上跳入水中。最后一次向他们挥手告别后，我潜入水下，尽可能快地游回岛上。

　　一对又长又滑的银鱼游在我的两边，好像是被派来护送我回家的。我们一起沿着海峡，在清澈、平滑的水面上急速前进。我忍不住一路欣喜。我们成功了！我们真的做到了！

　　我所能想到的就是莱尔能和他的妻子团聚，能见到他从未谋面的女儿了。

　　快到五湾岛时，光线渐渐暗了下来。我游到水面上，望向对面的桑迪湾，看到海滩上有三个人影。我停下来朝他们挥手，其中一个也朝我挥了挥手，然后轻推了另外两个人。过了一会儿，其中两个人跑到水边，一头扎进了海里。另一个在沙滩上等着，我靠近时，才认出那是曼迪。

不用想，我已经知道其他两个人是谁了。

"爱美丽！"亚伦正以火箭般的速度向我游来，他边游边激动地喊，"爱美丽！你回来了！你回来了！"他使劲朝我游来，我毫无防备地打了个趔趄，向后翻了一个筋斗。我一稳住，他就抓住我，紧紧地抱着我；我也紧紧地抱着他，感觉我们好像已经分开好几个月了。

莱尔就在他后面。我朝他笑了笑，迫不及待地想听听他见到洛温娜时的心情以及他见到女儿后的感受。然而接下来他说的话让我的心情瞬间跌入谷底。

"洛温娜和你在一起吗？"

我放开了亚伦："什么？"

"洛温娜？她在哪里？"

"她没有回来吗？"我愚蠢地问道。她当然没回来。如果她已经回来了的话，莱尔就不会问我是否和她在一起了。她到底在哪儿？

我眼看着希望从莱尔的脸上消失，只剩下灰蒙蒙、毫无生气的面孔，甚至比我走之前更糟。

"你说的是什么意思？"他问道，"她没有和你一起吗？"

"她……她是跟我们分开回来的。"我小心地说。我不能告诉他孩子的事，那是洛温娜回来时该告诉他的，如果她能安全回来的话。"她现在应该回来了，你确定她没回来吗？"我接着问道。

莱尔什么也没有说，转身就游走了。

亚伦拉着我的手，我们跟着莱尔回到海滩。

"莱尔，等一下！"我喊道。

他的尾巴变成腿，他走向沙滩。"什么事？"他问。他的声音好像被割裂的碎片一样，干涩、无力。

"是这样的……现在还不能算真的结束。拜托，再等一会儿。"

莱尔叹了口气，绝望地耸了耸肩。"好吧。"他坐在沙滩上，说，"我会等的。除了等，我还能做什么呢？"

曼迪跑到了海边，扑通一声跳进海里。"你成功了！"她尖叫道。

我拥抱了曼迪，告诉她我有多么高兴能够回来。几分钟后，我们看到肖娜来了，一起跳进水里与她会合。我和肖娜绕着圈，开心地跳着舞。我告诉她那是多么可怕，能安全地回到一起又是多么美好。然后，我陪着莱尔坐在水边，握着他的手，告诉他不要放弃，洛温娜也会很安全。

其实，我在撒谎；其实，我的心都碎了。我失败了，我去找的那个人没有回来。我们怎么高兴得起来呢？

当莱尔站起来把脚上的沙子抖掉时，天几乎快黑了。"她不会回来了。"他说，"一切都结束了。我要回家了。"

他转身向海滩走去，我也站了起来。"等等！"我说。

莱尔转过身。

我不得不告诉他，他是对的。洛温娜已经走了。很明显她没有成功，我答应过她，如果她回不来，我会为她转达消息。但我该怎么做呢？我怎么能在他还没见过女儿之前就告诉他，他已经失去了一个女儿？

我准备告诉他实情，在脑海里寻找最合适的词。就在这时曼迪拽着我的胳膊喊道："爱美丽！"

"等等。我要……"

"爱美丽！"这次是亚伦。我回头看向他们。他们两个都站起来眺望大海。

曼迪指着远处："看！快看！"

莱尔和我一同朝曼迪指的方向望去。天差不多黑了，深蓝色的海面上很难看到任何东西。但曼迪是对的，水里有东西。

海面波光粼粼，那东西在水里移动。就快到了！从水里走出来一个披头散发的人，她的头发是红色的，明亮的绿色眼睛在黑夜里像猫的眼睛一样闪闪发光，她的怀里抱着一个包裹。

"莱尔！"她的声音像歌声随风飘向我们，"我的爱人！"

莱尔跑得太快了，几乎都要摔倒了。"洛温娜！亲爱的！你竟然还活着！你终于回来了！"莱尔激动地说。

一秒钟后，洛温娜跟我们团聚了。在浅水处，莱尔紧紧地搂着她，仿佛一条大毯子把她裹在里面。他们就这样在水里一直紧紧地搂着对方。

然后莱尔放开手，他低头看向洛温娜怀里的包裹。乍一看，还以为是一个由海草制成的袋子，里面装满了从海洋中带回来的东西。

"这是什么？这是谁的？"他问。洛温娜伸手把包裹递给他。

"这个，"她笑着说，笑容比刚刚升起的月亮还要明亮，"是我们的女儿。"

她微笑着，感激地朝我点头，然后把孩子放在了莱尔的怀里说："爸爸，来见见你的女儿，亚特兰大·爱美丽·沃特斯。"我们都沉浸在这来之不易的幸福中，但是一分钟后，我们就发现不对劲了。

哪里好像不对劲？地面在震动，大海在咆哮，随着潮水的上涨，海浪也越来越高。

"怎么了？"曼迪低声问。

"我不知道，"我问道，"是地震吗？"

"我们这里从来没有发生过地震。"莱尔一边说，一边将他的女儿紧紧地抱在怀里。

肖娜在水边，被海浪冲击得上下翻腾。"看！"她指着地平线说。

我朝着她指的地方走过去，眯着眼睛，看到有什么东西在动。黑色的身影正在海浪中跳跃。是海豚！有很多海豚。他们在拉什么东西？看起来像……

"尼普顿！"亚伦喊道。

洛温娜转身看了看。"他来这里干什么？"她喘了口气说。

尼普顿的战车驶近海岸，海豚在海浪中停了下来，他的身影在夜空中清晰可见。他高举着三叉戟。月光像舞台上的聚光灯一样照耀着他。

他命令海豚先离开，他站在战车上挥舞三叉戟，看起来更高大了。这个时候海浪平息了，大地停止了轰鸣。

我咽了一下口水，试着正常呼吸。这种情况可不太妙。

我还没来得及想这次我又惹了多大麻烦时，战车的另一边出现了一个人。他游到海边，把战车拉到岸边。这时，我看清楚了他是谁。

其他人也看到了。

"塞思！"肖娜叫道。她游到塞思身边，正要搂住他时，尼普顿故意清了清嗓子。

"尼普顿有话要说。"塞思用一种我以前从未听过的正式语气宣布。我猜他工作时也是这个样子。

大家都安静了下来，等着尼普顿发言。

然后，他用一种平静的、非常不像他的声音说道："我的小顾问告诉我，你们正在搞什么小动作，所以我想亲自看看。"

塞思告诉了尼普顿我们的行动？

塞思看了我们一眼，眼神里有抱歉之意。

"是我命令他告诉我的。"尼普顿继续说，"他真的很担心，很着急。我不想我的手下因为烦恼或担忧分散注意力。我坚持要他告诉我这件事。他的诚实会得到回报的。"

我不能责怪塞思告诉他发生了什么。当尼普顿坚持要做的时候，他没有太多的选择来决定是否去做。这一点，我早就知道了。

"从来没有人这样做过。"尼普顿接着说，"从来没有，一次也没有。虽然有人尝试过，但从未成功。我没有什么理由相信这次会有什么不同。"

没有人说话，没有人动，我们都只是听着。

"亚特兰蒂斯是我的王国中最重要的秘密之一，为亚特兰蒂斯工作的人是我最重要的员工。"尼普顿继续说，"这就是我决定来这里的原因。我是来向你们表示慰问的。"他看着莱尔和洛温娜，目光落在了孩子身上。"但我现在看来，"他说，"没有必要。"

然后他的脸上出现了一种怪异的表情。我敢肯定以前从没见过他这样的表情，所以好半天我才意识到那是什么。他在笑！"相反，"他说，"我们要和你们一起庆祝。今晚，回家好好休息，好好享受回归的生活。明天，我会为你们所有人在这次经历中所表现出的勇敢和敬业给予庆祝和奖励……"

这时他半转身，直视着我。我深吸了一口气，提醒自己他是在表扬我，而不是在惩罚我。然后我用一种怪异的笑容看着他。

"我将在这里和你们共度一天，你们还有两天的行程，是吗？"

"是的，陛下！"肖娜说，"星期四和星期五，我们星期六早上离开。"

"那我就要连夜准备一下来招待你们了。明天，布莱特港中学的所有孩子都将乘坐海豚船，前往该地区最秘密的洞穴探险，参加西普罗克学校的课程。最后，我会有一个晚宴，我将下达指示，让他们准备好一切。我将让这一天成为地理探秘之旅的最好的一天！听起来怎么样？"

听起来怎么样？听起来会很有趣！

洛温娜慢慢地跳进水里，朝着马车走去。"听起来很棒，陛下，"她说，"谢谢！"

尼普顿从他的战车里蹑步过来。"很好，"他说，"不客气。"他低头看着塞思。"现在，送我去最近的宫殿，然后你可以回来找你的……"他瞥了肖娜一眼，说，"你的朋友们。"他强调了这个词，我甚至在黑暗中都能看到塞思火辣辣的双颊。

尼普顿坐回战车，塞思对肖娜笑了笑说："再见。"

她也朝着他微笑，笑容比此时的月亮更明亮。

"快走吧！"尼普顿大声命令道，这才像他，"你知道，我晚上的时间不多了。”

话音刚落，塞思就游了回去，把战车从我们身边拉走了。尼普顿用他的三叉戟戳了一下战车的前部，海豚再次出现了。

过了一会儿，他们都走了。

我拥抱了肖娜，和她说再见。

“明天见。”她说，“我等不及了！”

“我也是。”我答道。我简直不敢相信刚才发生的所有事，真的不敢相信。我确信晚上会兴奋得睡不着觉。

“晚安，小宝贝。”肖娜看着小亚特兰大，轻声地说。我们其余的人都转身朝海滩走去。

亚伦和我一起走回莱尔和洛温娜的家。此时，他们手牵手，莱尔用另一只胳膊抱着他的女儿。她是如此可爱，莱尔仿佛等了一辈子才抱着她。路上，我对洛温娜说：“我以为她没有名字。”

“之前没给她起名字。”洛温娜笑着回答。“但当我们通过那个疯狂的传送门时我知道她一定要有一个属于自己的名字。她的名字要包含两层含义：第一个是她出生的地方，”她停顿了一下，挽着我的手臂说，“另外，她的名字要和我旁边这个无比坚强、勇敢和优秀的女孩子有关。如果她长大后有你一半出色，她就能实现她的任何愿望了。”

“她的名字很美。”莱尔边走边喃喃地说。

我说不出话来，也没想好该说什么。

我们在旅馆门口道别。莱尔、洛温娜和小亚特兰大难得重聚，他们还有很多话要说。

"明天见。"洛温娜说。然后她紧紧抱着我，在我耳边轻声说："感谢你给了我第二次生命。"

我也紧紧抱着她。"不客气。"我低声说。

"你进来吗？"曼迪在旅馆门口问道。

我还没来得及回答，亚伦严肃地说："其实我想和爱美丽谈谈，我们一会儿就回来。"

"太好了！"曼迪拍了拍我的屁股说，"你能回来真好！鱼姑娘，之前我还真的有点担心。"

我拍了拍她的背。"回来真好！"我笑着说。

亚伦走在前面。"来吧，"他说，"我们去散散步吧，我有件事要告诉你。"我们沿着通向深蓝湾的路走着。我很紧张，不仅仅是因为刚刚尼普顿的来访，还因为亚伦想跟我谈话。毕竟他之前一直对我若即若离，还有莱尔告诉过我，亚伦现在的想法跟我不一样了，我不知道自己是否真的想继续谈话。如果他打算和我分手，我没法在这样的一天接受，我们就这样结束了。

我们到达深蓝湾时，亚伦先跳到了一块光滑的大岩石上，再伸手扶我上去。

我坐在他旁边。这就是我们之前坐过的地方，我们沿着那条通往椅子的路跋涉——这也是整个疯狂、可怕、惊人的冒险的开始。

"好吧，"我紧张地问，"我们为什么来这里？你想告诉我什么？"

亚伦侧了一下身子，面对着我。一轮圆月在高高的天空中慢慢升起，月光越过海面，就像探照灯一样刚好让我看清他的脸。

他抓住了我的双手。"听着，我有些话要对你说。"他开始说道。

不！不！他要和我分手。我可以从他握着我的手的样子看出，他对我感到抱歉，他想让我更轻松些。

"我想告诉你有一段时间了。"他接着说。

我试图保持淡定来接受即将发生的事。

"我想现在时机不对，"他接着说，"但就是现在了，我再也忍不住了。"亚伦吸了一口气，然后直视着我的眼睛。

这一天还是来了，我想，他要做一场分手演讲。

然后他说："爱美丽·温德斯内普，我爱你。"

什么？

"你说什么？"我像个傻子一样反问道。

亚伦笑了。"我说我爱你！"他又重复道。

他爱我！这就是为什么他不在中间地带，不是因为他不喜欢我，而是因为他爱我！莱尔比我更早就知道了！

他的话像一个开关。我知道这个比喻听起来很俗气，但感觉好像他的话点燃了我内心的某种东西，触摸到了我心里的某个位置。这让一切都好起来了。

现在我很安全，我再也不必徘徊在两个地带之间了。我可以让自己充分感受在过去几天一直隐忍的感情。

我朝他微笑着说："我觉得我真的很幸福，因为我也爱你！"

月亮升得更高了，它像聚光灯一样在我们下面的海湾上投射出一圈圆形的光亮。在那片区域的另一边，是一片漆黑的大海。当我把头靠在亚伦的肩膀上，依偎在他身边的时候，我想外面还有那么多的谜团，那么多的未知，那么多黑暗、恐惧、危险。

我抬头看向天空，第一颗星星出来了。妈妈总是说如果我向夜里看到的第一颗星星许愿，就可以得到任何想要的东西。越来越多的星星出现了，我不由得笑了，亚伦紧紧地抱着我。

我再也不需要许愿了，因为它们都已经实现了。

繁荣二号回家

管理员正在普洛斯普假日总部里关门窗，突然，办公室里的一台对讲机发出了哔哔声。

"应该没有什么吧。"他想。接着他发现了雷达，看到有一个红点在闪烁。他对雷达了解得不多，但这一周办公室里的人都在谈论一艘失踪的船只，这艘船叫"繁荣二号"。

这艘船在上个星期五失踪了。由于没有事故报告，公司设法不让公众注意到此事。但有一天它被雷达发现了，可是第二天它又消失了。如果这就是那艘船呢？

也许他应该接通对讲机。管理员悄悄地走进办公室，打开了灯。

"普洛斯普假日总部，普洛斯普假日总部，这里是繁荣二号，繁荣二号。你收到了吗？结束。"对讲机那头传来声音。

管理员从桌子上的架子里拿起一台对讲机。他知道怎么操作，因为见过别人用它们。"我收到了。"他小心翼翼地说，"嗯，结束。"

对讲机那边，传来了欢呼声。"普洛斯普假日总部，我很高兴能听到答复！我是繁荣二号的船长。我想为我们偏离航线走了一段弯路向你道歉，结束。"

管理员简直不敢相信自己的耳朵。"我……呃……这是个好消息。"他最后回答道，"你们都好吗？结束。"

"是的，所有乘客都在船上，我们都很安全、健康，期待尽快能回家。我再说一遍，我们正在回家的路上，请告诉我们的家人我们很快就会见到他们！这里是繁荣二号。"

管理员不得不把对讲机拿远些。正如船长所说的，对讲机里传来的欢呼声和呐喊声震耳欲聋。"好的，船长，我很高兴听到这个消息。"他揉了揉耳朵说，"祝你们一路平安，很高兴听到你们回来的消息。我们一定会通知你们的家人。嗯，这里是总部。"

将对讲机放回架子后，他环顾四周，想找一张纸给老板留张便条。但他突然改变了主意，像这样的消息可不能等到明天早上才说。

他开始在档案中寻找乘客的家人的名单，然后一一打电话通知。他相信妻子如果知道他做了什么的话，一定会理解他为什么没有按时回家。

电话在第三声响铃后接通了。"喂？"是一个女人的声音。

管理员清了清嗓子。"是奥利维娅·梅森吗？"他问道。

"是的，是我。"那个声音回答道，"你是谁？"

管理员在椅子上坐得更直了一些，他想尽可能讲得清楚、正式一些。"梅森夫人，我有个好消息。"他说。

当管理员坐在一间小办公室里愉快地打着电话时，一个男孩儿和一个女孩儿正挤在一个岬角上；一群乘客正在回家的路上分享喜悦；在一所小房子里，一个男人正坐在一个温暖的、噼啪作响的火炉前，抱着他的妻子，他们的孩子依偎在他的腿上。

他们看着那张小脸，她扭动着、咯咯笑着。接着，这个小小的生命，第一次睁开了眼睛，抬头看着父母，微笑着。